ARTEMIS

Volume 5

Narrativa

Claudio Foti

LE MEMORIE

DEL PROFESSOR VIDAGDHA

Editing e impaginazione: R. D. Hastur

Copertina: Davide Romanini

ISBN: 978-88-6817-046-2

Pubblicato da **Eclypsed Word**

Marchio di **Kreattiva Edizioni**
Via Primo Maggio, 416, 41019, Soliera (MO)
Tel. +39 3316113991 +39 3392494874
Cod. Fisc. 90038540366
Partita IVA 03653290365

©*2017 Eclypsed Word per Associazione Culturale KREATTIVA*

Collana "Artemis", 2017

"Tutto ciò che vediamo, o a cui rassomigliamo,
è soltanto un sogno dentro un sogno."

Edgar Allan Poe

Introduzione

Strano nome quello del professore: Vidagdha. Eppure quest'uomo saggio (significa proprio questo, la parola sanscrita "Vidagdha"), ha scritto le sue memorie per far sì che il suo messaggio ci arrivi.

La sua è un'esperienza travagliata e ostacolata, ma è riuscito a farci giungere la verità. La sua verità; ma, prima di svelarla dobbiamo necessariamente fare un passo indietro; anche Aldo, il brillante studente che dialoga, in maniera talvolta accesa, con il professore, dovrà aspettare: aspettare che la Storia faccia il suo corso e che il professor Vidagdha possa ripercorrerla per intero, alla luce delle sue conoscenze.

Cosa hanno in comune l'antico re mesopotamico Ur Nammu, il faraone Amenemhat I, il complesso architettonico di El Mirador in Messico, Maria la Profetessa, la regina Irene di Bisanzio, Silvestro II, Johannes de Sacrobosco, Dante Alighieri, Giovanni Tritemio, Georgius Sabellicus, Giordano Bruno, Franz Anton Mesmer e Nikolas Telsa?

Se lo chiederà anche il lettore, dopo aver letto i primi capitoli delle memorie del Professor Vidagdha. Eppure, se il professore ha inserito degli scorci delle loro storie nelle sue memorie, avrà pur avuto un valido motivo... d'altronde è possibile che il lettore più smaliziato abbia a questo punto già individuato il trait d'union, che abbia già compreso il collegamento sovrano: Saturno.

Quello che emergerà nei capitoli successivi sarà la vera natura di questo pianeta e le sue influenze sulla vita degli uomini, o meglio, dei manusyagana, come li chiamano due esseri, misteriosi e terrificanti, che galleggiano nello spazio profondo.

Il professore ha compreso l'inganno che ci lega a questa vita e cerca di far comprendere anche ad Aldo che la realtà nella quale viviamo, non esiste: è solo una percezione, proiettata sui nostri sensi da queste due orribili entità che assorbono le energie delle nostre azioni sulla terra; energie che noi profondiamo, in quanto obbligati dalle frequenze che loro inviano da Saturno e alle quali noi rispondiamo.

Le memorie del professore sono un viaggio inquietante dentro il nostro mondo e dentro noi stessi. Svelano al lettore quanto debole sia la nostra realtà, densa di preconcetti e di superficialità.

Una realtà in cui siamo predati ogni giorno della nostra vita: una realtà dove viviamo in un pianeta-fattoria, nel quale siamo allevati appositamente per produrre l'energia psichica di cui questi due esseri ancestrali si nutrono.

Ma le due creature, i due abomini che ci sfruttano e manipolano, si stanno accorgendo che qualcosa sulla Terra sta cambiando: qualcuna di quelle loro scimmie ammaestrate sta comprendendo l'inganno e sta cercando di comunicarlo alle altre.

L'umanità è pronta per le rivelazioni sconfortanti e apocalittiche del Professor Vidagdha? Siamo pronti ad accettare la sua verità? Siamo pronti ad accettare di essere stati allevati da millenni?

Ecco cosa lega i personaggi a cui sono dedicati i primi capitoli: loro sapevano. Loro sono stati eliminati. Loro hanno capito o stavano capendo, eppure non hanno fatto in tempo a dare l'allarme... o non sono stati ascoltati.

Ci riuscirà Vidagdha?

Riuscirà, il professore, a smuovere le nostre coscienze?

Claudio Foti

Prologo

Buio. Freddo. Vuoto. Vuoto perfetto. Plasma rarefatto. Strutture filamentari. Dense e meno dense. Idrogeno ionizzato. Gas.

Freddo, oggetti, stelle e pianeti erano così distanti che non influivano in alcun modo.

Il buio era buio allo stato atomico e molecolare e infinitesimali forme di aggregazione dal campo magnetico diffuso, ma molto deboli, vorticavano impercettibilmente in varie bolle collegate da una struttura ramificata.

In un luogo dove la materia e il tempo cessano di avere significato, nel luogo dove tutto questo ebbe inizio, qualcosa d'improbabilmente definibile sembrava esistere.

Esso esisteva in una regione dello spazio così remota, che difficilmente avrebbe avuto coscienza della Razza Umana, in quanto l'espansione dello Spazio causa l'allontanamento di queste regioni dalla Terra a una velocità maggiore di quella della luce... eppure l'aveva.

Re Ur-Nammu

"Ho già menzionato la ragione per la quale questo pianeta è freddo e asciutto. L'essenza della morte è il freddo e l'asciutto, perciò questo pianeta indica morte, tristezza e lutto.
Cose primordiali che noi umani abbiamo dimenticato..."

Dalle memorie del professor Vidagdha.

Tra il XXII e il XXI secolo a.C.

Mesopotamia: Ur.

Re Ur Nammu era stanco. Governava il suo popolo da oltre tre lustri. E la cosa di cui andava più fiero era quella di aver dato vita alla terza dinastia di Ur. E da lì, dalla città di Ur, era riuscito finalmente a sottomettere Uruk e le altre città della Mesopotamia meridionale. Non era stato facile, ma c'era riuscito. Amava Ur, l'amava intensamente e per questo aveva deciso di farne la capitale di un vasto, nuovo regno. Re Ur Nammu era un combattente nato, amava la guerra, aveva sconfitto tutti, perfino Nammahani, l'ensi di Lagash e Umma che aveva collaborato con i maledetti Gutei. Non aveva esitato a spingersi sino a Tell Brak, nella Siria settentrionale e anche lì aveva combattuto e vinto. Le battaglie e le vittorie però ora, dopo decine di anni, pesavano sul suo spirito. Era stanco. Terribilmente stanco. Il suo animo era appagato, la sua sete di conquista si era spenta e le guerre, che aveva tanto amato, ormai non facevano altro che annoiarlo. Il sovrano era stanco di guardare il sangue degli uomini arrossare il terreno. Ormai era 're di Ur, re di Sumer e di Akkad', titolo che avrebbero ereditato anche i suoi successori. Sentiva di aver fatto una gran cosa, di aver fatto il proprio dovere. L'arrivo di suo figlio Shulgi lo distolse dai suoi pensieri. Ecco colui al quale avrebbe affidato ogni cosa, lo osservò avanzare insieme allo scalpellino su per la ziggurat. Suo figlio avrebbe portato a termine la costruzione dello Stato centralizzato che lui aveva ideato. Ormai aveva ricostruito ex novo la città di Ur e l'aveva riempita di templi: la Grande Piramide era importante, ma non era tutto. Ur era molto di più.

Il sole stava tramontando e ormai era buio, non poteva più scrivere, ma aveva quasi finito di compilare il suo codice di leggi nel quale aveva previsto tutto: dalle pene per diversi reati, alle misure standard da adottare per il peso.

Ora, solo ora, Ur Nammu poteva dedicarsi finalmente agli astri, la sua ultima passione. Shulgi e lo scalpellino lo raggiunsero proprio mentre indicava come e dove scolpire i pianeti che avevano cominciato a brillare nel cielo notturno.

- Quello è Kusariku, poi c'è Aru, Pa, Te-te, Siru, Enzu, Tuamu, Zibanitu e Gu. Come si chiamano gli altri, Shulgi?

La sua, era una domanda retorica.

- Puluccu, Akrabu e Nunu!

Ripose il figlio, con la voce calma e tranquilla. Era abituato a quel modo di fare sin da piccolo.

- Bene. Ricorda: tu devi temere chi vive in Gu e in Enzu.

- Perché, padre?

- Perché sono i mistificatori del mondo.

Gli occhi di Ur Nammu brillarono di rabbia e risentimento.

- Shamash? - Ur Nammu annuì silenziosamente, in risposta al figlio. - Ma non è il benefattore dell'umanità? Non è colui il quale ci aiuta, giorno dopo giorno?

- Non fidarti, figlio mio, - la voce stanca del padre fece una pausa, poi riprese più flebile. - Non fidarti mai delle apparenze...

Amenemhati

"Il pianeta fu associato anche a forme di magia e stregoneria. C'è persino nel Sefer Yetzirah. Anche in questo testo sacro, che sia del primo secolo o meno, come afferma Yehuda Liebes, appare la sua inquietante figura alla base della magia linguistica: quella magia che fu tratta dall'alfabeto ebraico attraverso la combinazione delle sette lettere doppie.

Il suo nome, ricordatelo, è Shabbat."

Dalle memorie del professor Vidagdha.

Anno terrestre 1800 a.C.

Egitto: luogo imprecisato.

Amenemhat I era salito al trono senza avere alcuna particolare legittimazione, aveva sfruttato la mancanza di pretendenti legittimi e doveva decisamente ringraziare suo padre Senusert che lo aveva adottato. Ormai aveva preso il nomignolo di Horo e aveva dato il via a una nuova dinastia. Aveva conquistato la Nubia fin oltre la seconda cataratta del Nilo, la Libia e la penisola del Sinai ove, per tenere a bada i predoni nomadi, fece erigere un complesso sistema di fortificazioni che prese subito il nome di Muro del Principe. Ma nonostante tutti i suoi successi sentiva che mancava ancora qualcosa alla sua vita. Le notti egizie di Amenemaht I erano davvero fredde e senza luce alcuna, se non quella delle lontane stelle. Guardò Nefertitatjenen: i suoi grandi occhi neri erano così affascinanti, era forse l'unica cosa che gli permetteva di resistere in questo mondo in cui ormai si annoiava a morte. Ammirò la silhouette della Grande Sposa Reale, la madre dell'unico figlio maschio e successore. Era una donna affascinante e divina, anche adesso dopo la nascita di Ankhmesut. Lei ricambiò lo sguardo innamorata e fece cadere il velo che copriva le sue grazie.

- Sehetepibtawy, cosa ti cruccia?

La sua voce era calda e colma d'amore. Lui mentì, guardando fuori, verso il cielo scuro punteggiato di lontane stelle.

- Nulla, mia regina.

- Non mentire... a me puoi dire ogni cosa.

- Prego Ptah, lo scultore della terra, colui che creò forme usando una ruota da vasaio - rispose Amenemhat I, senza distogliere lo sguardo dall'empireo; la sua voce era pervasa da una nota di preoccupazione. - Colui che è perennemente avvolto in un sudario. Prego anche Sekhmet, sua sposa. Tutti i giorni.

- Io credo ancora nel dio falco Sokar e nel dio terra Tatenen.
- No, mia cara, Ptah è il padre di tutti gli dei, è il creatore dell'immagine di tutti gli dei. Ptah ha creato l'universo con il suo cuore e con la sua lingua, modellando il mondo con il potere della parola.
- Non mi piace Ptah! È cattivo e malvagio!
- No, mia cara moglie. Prega con me:

Quest'umile servitore adora la tua bellezza, Ptah il grande che è a sud del suo muro, Tatenen che risiede a Menfi, dio augusto della prima volta, colui che ha modellato gli uomini e fa nascere gli dei. Primordiale che ha creato la vita umana. Ciò che egli ha pensato nel suo cuore, si è visto realizzato; lui che annuncia ciò che non esiste ancora, che rinnova ciò che già esiste. Nulla esiste senza di lui. Le cose vengono ad esistenza quando egli è venuto ad esistenza, ogni giorno secondo ciò che egli ha stabilito.

Ptah,
Tu hai determinato il paese per seguire le sue leggi, come tu l'hai creato. L'Egitto vive stabilmente sotto i tuoi ordini, come la prima volta.

Lodi a non finire per il tuo bel viso, dea augusta della casa di Ptah, Sekhemet venerabile, signora del cielo, diadema di Ra, occhio divino in Per-ur, diadema di Ra, occhio divino nella casa venerabile sua. Uagit nel palazzo, suo diadema nella "barca della notte". Sua compagna nella "barca del giorno". Possa ella fare che il respinto Apophis sia imprigionato e che essa proceda contro di lui dopo aver afferrato il giavellotto; Sekhemet la Grande, amata da Ptah, signora del cielo, sovrana delle Due Terre.

Accordami una durata di vita perfetta, che non comporti sofferenze, che il mio corpo sia esente da mali, il mio viso aperto e le mie orecchie sensibili, senza che la mia vita sia accorciata, che io sia glorificato come un imakhu e lodato come giusto.

Spazio

L'oscurità regnava sovrana. Il gelo era indescrivibile e inimmaginabile in quella zona del cosmo, così antica da esser stata quasi dimenticata dall'universo stesso. Lontane nebulose, immense nubi di gas e polveri rilucevano silenti grazie all'energia di qualche stella vicina. Decine di galassie, enormi ammassi costituiti da milioni, o forse miliardi di stelle e da una grande quantità di polvere o gas, roteavano placidi e infiniti come sempre; come sempre era stato. Decine, centinaia di soli avevano illuminato nel corso degli eoni quei paraggi, ma poi si erano consumati e tutto era ripiombato nelle tenebre. Solo un algido bagliore, proveniente da chissà quanto lontano, di tanto in tanto, era percepibile nel buio più assoluto.

Quel buio, freddo e fermo, sembrò però avere un fremito.

Numa Pompilio

"Il dio Saturno nei tempi arcaici si chiamava Sateurnus, che i romani facevano derivare da Satus, l'azione del seminare e, del resto, Saturno era una divinità arborea ma forse, e dico forse, il suo nome potrebbe originare anche da Satur, cioè fertile. A questo punto mi chiedo se non sia possibile rinvenirne una radice anche nel famoso Sator..."

Dalle memorie del professor Vidagdha.

Anno terrestre 715 a.C.

Roma.

C'era voluto tempo perché venisse incoronato, ma a lui non era importato molto, non ambiva a diventare un re. Altre erano le cose importanti per lui, spesso si trattava di cose sottili ma quando si trattava di governare Roma non poteva farsi distrarre.

Numa ricordava Romolo, tutto sotto di lui era diverso, dopo di lui i senatori si accaparrarono il diritto di non eleggere un nuovo re cercando così di mantenere il loro potere. Per questo la sua elezione era stata tanto lunga ma a Numa non importava. Romani e Sabini si litigavano il nome del candidato quando, spinti dalla rabbia della gente furono costretti a votare un re. I Romani avevano proposto lui, Numa Pompilio, appartenente alla Gens Pompilia, che abitava nella città sabina di Cures che era sposato con Tazia, l'unica figlia di Tito Tazio. Lui che era nato lo stesso giorno in cui Romolo aveva fondato Roma. Ma a Numa poco importava che a Roma fosse noto come uomo di provata rettitudine ed esperto conoscitore di leggi divine, tanto da meritare l'appellativo di Pius, eppure la cosa dovette soddisfare i Sabini che incredibilmente accettarono la proposta. Quando Numa vide arrivare a Cures Proculo e Velesio per offrirgli il regno rimase dapprima stupito e poi rifiutò per la fama violenta dei costumi di Roma. Fece passare giorni prima di accettare e lo fece solo dopo gli auspici degli dei, che gli si dimostrarono favorevoli, ricordò con gioia come fu eletto re per acclamazione da parte del popolo.

Quante cose non sapevano i romani, quante cose invisibili aveva visto. Quanta poca importanza avrebbe dovuto avere il mondo materiale rispetto a quello immateriale. Numa, il saggio re Numa Pompilio, successore di re Romolo fondatore, lo sapeva ma non trovava orecchie adatte a sentire né menti aperte per capire. Così, la prima cosa che fece fu dedicare a Giano, oltre al tempio, anche il mese dell'anno che segue al solstizio d'inverno: gennaio. Giano doveva soppiantare Saturno. Era necessario. Era fondamentale.

Anche se si trovava a Roma, Numa non tralasciò lo studio e la meditazione che aveva cominciato a Curi. Anche qui continuò le sue pratiche religiose conducendo una vita riservata e frugale. Guardò Roma, era re e sua moglie Tazia era morta da tempo, non avrebbe potuto godere di tutto questo. A lui non importava ma a lei sarebbe importato, ne sarebbe stata fiera. Quando camminava per le strade i romani lo acclamavano perché era nato lo stesso giorno in cui era nata Roma e in questo loro, ma anche lui, vedevano un segno indecifrabile della volontà degli Dei.

Nonostante fossero passati oltre vent'anni ancora ricordava i volti di Proclo e Veleso, i due noti cittadini, quando lui rifiutò di divenire re di Roma. Allora aveva quarant'anni ed era troppo innamorato dei suoi studi e della pace agreste per accettare di buon grado le responsabilità del governo di una comunità così recente e turbolenta. Ma poi si rese conto che aveva ragione Marcio, un suo parente, quando gli aveva detto che doveva accettare il regno perché come re avrebbe avuto maggiori possibilità di rendere onore agli dei e di far del bene agli uomini. I Romani erano troppo rabbiosi, doveva renderli più tranquilli e doveva allontanarli dalla passione della guerra e stimolare in loro sentimenti più nobili e civili. Dapprima sciolse la guardia personale istituita da Romolo che contava ben trecento celeres, poi rese i dovuti onori alla memoria del predecessore istituendo l'ufficio del Flamine Quirinale, sacerdote di Quirino, cioè di Romolo divinizzato. Questa carica andò ad affiancare quella del sacerdote di Giove (Flamine Diale) e quella del sacerdote di Marte (Flamine Marziale), mentre il culto romano si polarizzava intorno alla triade Giove-Marte-Quirino a cui si dedicavano le cerimonie più importanti fra cui quella dell'offerta delle "spoglie opime", le armi dei comandanti nemici caduti in battaglia. L'idea di rendere Romolo un dio e farne una religione era quello che i voleva per allontanare i romani dall'influenza di Saturno, dovevano dimenticarne l'esistenza e questa nuova triade avrebbe giocato un ruolo fondamentale in tal senso. Abolire Saturno, significava cominciare a cancellare un po' della sua influenza nefasta. Numa lo fece nel marasma delle istituzioni religiose che modificava per farlo passare inosservato, assegnò cerimonie ai Trenta Curioni, le rivide e le codificò, così come quelle spettanti ai comandanti della milizia e agli auguri. Nominò i Salii Palatini, dodici giovani patrizi della cui nomina si interessò tutta Roma, ma il loro compito in realtà non era altro che distogliere l'attenzione dall'uscita di scena di Saturno. Questi dodici giovani sacerdoti infatti non avevano altro compito che danzare e cantare con scudo e lancia, attraversando in processione tutta la città. Poi nominò le Vestali, sacerdotesse della dea Vesta, Numa introdusse il culto e fece costruire tempi circolari che custodivano il fuoco sacro. Guardò Gegania, Verenia, Canuleia e Tarpea, erano ormai anziane, le aveva consacrate lui molti anni prima. Loro ricambiarono lo sguardo non solo con affetto, ma con consapevolezza e sapienza. Numa sorrise, ricordò quando le aveva scelte, ricordò come erano giovani e ora erano quasi pronte a curare l'educazione delle novizie destinate a prendere il loro posto. Gegania aveva persino salvato un condannato a morte. Numa indugiò sui suoi occhi. Erano limpidi e pieni di sapienza, aveva fatto bene. Qualche mese prima un condannato a morte, durante il tragitto che lo conduceva al luogo dell'esecuzione l'aveva incontrata per caso, allora lei era stata consultata e disse che non aveva concordato l'incontro con il reo, così l'uomo fu lasciato libero grazie alla benevolenza che la dea aveva voluto esprimere nei suoi confronti guidando i passi della sacerdotessa. La loro presenza lì era fondamentale quella sera. Si voltò e guardò i pontefici che aveva istituito per istruire il popolo sui riti relativi alla sepoltura, al lutto ed alla vedovanza. Il suo sguardo passò sui Feziali che aveva radunato intorno a sé. Loro avevano il compito di trattare con i popoli limitrofi per evitare nuove guerre nonché quello di aprire le ostilità quando era fallito ogni tentativo di conciliazione. Erano uomini dotati di grande potere quasi come le vestali. Numa sorrise, se anche fosse andata male quella sera, avrebbe lasciato Roma in buone mani.

Era chino sul suo testo. L'aveva quasi finito. Liber Numae... finalmente terminato. Vi aveva annotato tutte le leges regiae che aveva emanato Romolo e poi lui stesso. Guardò quei fogli spianati di tiglio. Erano degni di conservare quella sapienza? Ne sarebbero stati in grado? Per quanto tempo? Numa si ripropose di sostituire quelle cortecce con delle tavole bronzee dove le parole avrebbero avuto vita più lunga. Ne aveva fatto nove sezioni, una per le cerimonie officiate dai sacerdoti dei trenta curioni con tanto di sacrifici pubblici, una per le cerimonie officiate dai flamini, una per quelle tenute dai comandanti dei Celeres, una a testa per gli Auguri, per le Vestali, per i Salii e per i Feziali. Una per i riti che doveva officiare il Pontefice Massimo e l'ultima la più oscura che aveva nominato: Saturnus Ignotus.

-... truibus corpora, sextae simulacrum vitae, orbis ducis krem tanok, hines arak am...

"Mi ci vorranno alcuni giorni prima di poterlo decifrare", mormorò Numa poggiando il papiro sul tavolo. Si alzò a fatica, afferrò la coppa di legno che si trovava sul desco intarsiato e camminò assorto tra sé e sé, esplorando tutti gli angoli della stanza. La lunga tunica scura metteva in risalto barba e capelli bianchi di quel viso bonario su cui spiccavano due profondi occhi azzurri.

- Non è possibile, - mormorò. - Quel papiro contiene una verità sconvolgente, sconvolgente, - ripeté sorseggiando il vino dalla coppa di legno. Era furioso e spaventato. Lui stesso non sapeva se credere a tutto quello.

- Mario! - Chiamò a voce alta.

Numa Pompilio posò la coppa sul vassoio mentre una figura, vestita solo dalla vita in giù, apparve timorosa sulla soglia poi, riconoscendo il segno avanzò verso il vassoio e lo afferrò. Numa sorrise tra sé. Mario aveva paura di lui ma soprattutto delle storie che si raccontavano su di lui. Ricordò quando avendolo visto in compagnia di una donna era quasi svenuto pensando che si trattasse della ninfa Egeria. Quando Mario fu uscito il re sacerdote riprese il suo andare ramingo nella stanza fermandosi solo dopo alcuni giri proprio davanti al tavolo su cui aveva posato il papiro. Si grattò il mento e strinse gli occhi osservandolo sospettoso. Poi Numa sollevò lo sguardo e lo diresse verso la finestra. Il sole era basso e tra poco sarebbe arrivato Nostuar con le informazioni di cui aveva bisogno. Almeno sperava.

- Saluto te, Sommo Pontefice Re, - esordì Nostuar.

- Entra, - rispose Numa Pompilio facendogli cenno di sedere.

Nostuar era più giovane del Re Pontefice, era più alto, più magro e pallido. La sua faccia scavata e gli zigomi sporgenti non miglioravano quegli occhi perennemente cerchiati.

- Ho con me quanto mi hai chiesto, - annunciò Nostuar porgendogli un papiro. - Credo però che ti interesserà sapere come sono riuscito ad ottenerle... - aggiunse quello, con un pizzico di perfidia, facendo il gesto di ritirare leggermente la mano.

Numa alzò gli occhi su Nostuar.

- Come hai...

- Ti prego, prima di tutto offrimi da bere. Ho sete, la gola arsa.

- Mario! - Urlò Numa Pompilio.

Un attimo dopo quello comparve tremante sulla soglia reggendo un vassoio e due coppe colme di vinum. Avanzò cautamente nella stanza, raggiunse il tavolo e dopo avervi depositato il vassoio si girò e scomparve velocemente al di la della tenda purpurea.

- Ti volevo chiedere, Numa, - domandò Nostuar dopo aver bevuto. - Come ti senti?

- Di cosa parli? Che domande sono? Ti interessi adesso della mia salute?

- A farsela con le ninfe, - sorrise Nostuar. - Si dice che si invecchi prima...

- Mehercules! - Rispose Numa alterato. - Che cosa vuoi?

- La tua completa attenzione, - cominciò l'altro. - Adesso comando io...

Nostuar sorrise soddisfatto, nelle occhiaie i suoi occhi brillavano malevoli:

- Ti dirò io quando potrai parlare...

Numa lo guardò strabuzzando gli occhi. Fece per protestare, ma la bocca si rifiutò di dare voce ai suoi pensieri.

- È inutile, - ridacchiò Nostuar. - Comando io, te l'ho detto.

Il Re Sacerdote provò ad alzarsi ma sentì qualcosa bloccarlo alla poltrona. Nostuar si alzò, si avvicinò a passo lento e si chinò sul re di Roma sollevandosi la manica destra.

- Guarda, - disse snudando il braccio e mettendo in mostra il disegno di una sfera con i cerchi incisa nella propria pelle. - Sai cosa rappresenta? Sai chi sono i suoi seguaci? Sai che sono qui? Ora il tuo regno è finito, re misericordioso!

Nostuar sogghignò sarcastico, prendendo il papiro e alcuni altri scritti. Si voltò a guardare Numa Pompilio, il secondo Re di Roma, immobile sulla sua poltrona, incapace di parlare e di muoversi se non per i profondi occhi azzurri.

- Il segreto, - aggiunse uscendo. - Deve rimanere tale...

***

Numa Pompilio rimase bloccato sino alle prime luci dell'alba. La stanza era silenziosa e deserta a parte la figura solenne seduta immobile sulla poltrona. Solo chi fosse stato in grado di percepire le linee della magia avrebbe notato la luminosità vaga e sottile che proveniva da quel corpo inmoto. Pian piano, coadiuvata dalla luce dell'alba quella luminosità sottile divenne più più forte, più vera fino a diventare accecante. Il corpo del Re Sacerdote sembrò disidratarsi, annerirsi e invecchiare a vista d'occhio. Con un profondo sospiro la figura, ancor più scheletrica di prima, si alzò finalmente in piedi liberandosi da quella malia. Le vesti scure facevano ancor più contrasto con gli occhi che da azzurri si erano cerchiati di bianco.

- Non sarà come prima, la malia mi ucciderà pian piano, ma almeno ho la possibilità di sconfiggere la setta della sfera con i cerchi, - mormorò Numa. - O di far sapere cosa sta accadendo.

Non doveva far altro che andare dalla ninfa per vedere se fosse in grado di fargli riacquistare la forza necessaria per continuare a regnare. Egeria aveva già fatto tanto per lui e se era ancora vivo lo doveva solo alle sue arti magiche.

**

- Ho introdotto il culto di Terminus, il nume tutelare dei confini, ho dato loro la festa annuale dei Terminalia. Ho distribuito parte dell'eredità di Romolo alla plebe, ho annesso il colle Quirinale al territorio della città...

- Non ti sforzare, non parlare. Padre, hai fatto tanto per Roma... - disse Pompilia, mettendogli una mano sulla fronte rugosa.

- Avrei voluto far di più... - gli occhi biancastri di Numa erano colmi di disappunto.

- Hai fatto tanto... - ripeté la figlia.

- Voglio essere sepolto in un'arca di pietra ai piedi del Ianiculum, voglio che in un'altra arca nelle vicinanze siano messi i miei scritti. Tutti. Il mio pensiero deve esser tramandato oralmente, attraverso i sacerdoti miei allievi.

- Perché?

- Affinché si confonda e si contamini!

- Perché, padre?

- Perché i miei scritti devono esser ritrovati solo da qualcuno in grado di comprenderli. Altrimenti saranno parole al vento o, peggio, saranno bruciati.

El Mirador

"In una versione perduta dello Sefer Razi'el, o Sefer ha-razim, si dice che il nome di dio ha settantadue lettere.

Qui però troviamo, oltre agli angeli, anche il nome di Shabbetay.

Il legame tra il pianeta e il nome angelico Qaftzi'el è indice di una sorta di magia astrale, che prevede che ogni pianeta sia sotto l'egida di un angelo."

Dalle memorie del professor Vidagdha.

Anno terrestre 400 a.C.

Penisola dello Yucatan: El Mirador.

Tuoni e lampi illuminavano nuvole nere gonfie di pioggia. Grandine bianca si andava progressivamente sostituendo alle grosse gocce di pioggia che cadevano lungo il possente muraglione. Il ticchettio divenne sempre più forte fino a diventare assordante. La tempesta di vento scuoteva perfino il fiume che correva come un serpente infuriato sotto il dirupo, creando boati quando l'acqua colpiva le pareti rocciose del crepaccio. Cocom aveva gli occhi semichiusi e il viso rivolto in alto, verso il nulla. Aprì le labbra per lasciare scivolare l'acqua gelida sulla lingua, percepiva l'odore del vento e del mare, assaporando quello che gli dei avevano in serbo per lui. Spalancò gli occhi e fece un passo avanti. Un passo incerto. Un passo decisivo. Guardò di sotto. Il fiume ruggiva con ferocia, tra boati e onde che riempivano l'aria di frizzante vitalità. Sapeva che là sotto, nel ventre panciuto dei pesci, giaceva ciò che rimaneva dei condannati come lui: teste rotolate nel fiume, teste mozzate dalla mano impietosa di qualche boia particolarmente zelante. Sorrise ruggendo anch'egli e aprì le braccia al vento, come un uccello antropomorfo. Un tuono gli rispose assieme a una voce sottile, che per qualche oscura ragione riusciva a farsi valere al di sopra di ogni turbine d'aria.

   - Allora, - domandò Tutul. - Non ti butti?
Cocom si voltò di scatto, guardando con aria torva il malcapitato che aveva avuto l'ardire d'interrompere quel momento particolare. Quando la sua mente lo riconobbe, lo sguardo si addolcì e gli sorrise con la sua solita aria arrogante, con quel ghigno che lo faceva sembrare un predatore soddisfatto, ma sempre pronto al balzo letale.
Il giovane dalla pelle olivastra lo guardava senza accennare la minima paura. Era un suo simile: aveva gli stessi occhi folli di chi conosce perfettamente la Morte, ma non ne ha timore come invece dovrebbe.

Tutul rise nella tempesta.

L'altro, ghignante, gli si avvicinò senza staccare gli occhi dall'abisso che sprofondava sotto i suoi piedi. Da lassù si vedeva solo la schiuma chiara dell'increspatura violenta dell'acqua e il riflesso abbagliante dei fulmini che di tanto in tanto, penetravano quel nero soffocante.

Cocom si avvicinò al bordo del dirupo e guardò con una certa sufficienza le onde che ruggivano più in basso, frenetiche, quasi come se cercassero di afferrarlo.

- Tu non sopravviveresti dopo un balzo simile!

I capelli neri e lisci, sospinti dal vento gli andarono sulla faccia, creando una sorta di maschera mostruosa.

- Se riuscirai a farlo, suonerò e canterò per te...

Cocom rise ancora, allargando bene le braccia. La voce di Tutul era calma e bassa:

- Non puoi giudicare, senza averla ancora ascoltata. Sono certo che ti piacerà...

Cocom rise ancora, schernendolo con un ghigno e un gesto volgare della mano.

- Cosa vuoi scommettere, pidocchio?

Cocom sorrise, prendendo la rincorsa:

- La vita!

Qualche istante dopo, entrambi erano stati inghiottiti da flussi neri d'acqua furiosa.

La bocca di Cocom si riempiva di acqua sporca e se ne svuotava subito dopo, in un'altalena sempre più faticosa e sempre meno frequente. Il limite tra l'asciutto e il bagnato non sembrava neppure così netto e i movimenti sconnessi del suo avanzare incerto rendevano difficile la respirazione, ovunque si trovassero naso o labbra. La temperatura non aiutava a orientarsi: dappertutto era freddo e non c'erano zone differenti le une dalle altre.

Cocom si mosse come un pesce a cui mancava una pinna, più per istinto che per altro. Mai si era ritrovato a fare i conti con una situazione come quella: sentiva l'aria mancare nei polmoni, il corpo farsi sempre più pesante e la mente sempre meno presente. Si guardò attorno ma non vide niente: né la luce riflessa di qualche astro, né il movimento lontano di qualche essere vivente, perché era tutto così confuso nella tempesta che ancora ingrossava il cielo, che niente pareva essere abbastanza certo.

Si mosse ancora, cercando un singolo punto di riferimento che lo aiutasse a dirigere il proprio corpo e la propria speranza. Non riuscì neppure a riconoscere dove fossero le pareti del dirupo da cui si era buttato. Sapeva di essere stato sbattuto come uno straccio per diverso tempo. La testa gli doleva e a malapena riusciva a muovere la gamba sinistra che come un peso morto stava minacciando di trascinarlo giù, in un posto ancora più freddo e buio. Avesse potuto, se la sarebbe strappata volentieri a morsi.

Non sapeva dire quanto tempo avesse passato in acqua, cercando di galleggiare come un pezzo di legno non troppo marcio, collidendo contro pareti dure di pietra o semplicemente onde troppo forti per essere divise. Un getto d'acqua lo capovolse con la testa sotto, lui allargò le braccia per riprendere l'equilibrio, ma si trovò a rotolare nei flutti. Il suo braccio cozzò con forza contro qualcosa di duro, il dolore dal braccio si diramò immediatamente in tutto il corpo, ma prima che fosse troppo tardi Cocom riuscì ad assicurarsi al masso e, finalmente, a fermarsi. Riemerse dall'acqua, facendo perno sulla pietra che lo aveva appena salvato. Riprese fiato a fatica e sputò tutta l'acqua che gli era finita dentro. Infine, dopo attimi che gli parvero eterni, riuscì a guardarsi attorno e a vedere meglio. Alla sua destra, ad appena qualche metro di distanza da lui, il suo amico lo guardava da un'insenatura della parete rocciosa, al sicuro dall'acqua e dal forte vento.

Cocom non dovette neppure pensare al da farsi, in quel frangente.

***

Il flauto cominciò il suo movimento, di lato, poi ancora di lato nel verso opposto, una pausa in mezzo e poi di nuovo. Nel buio della caverna il suono pareva riempire ogni cosa: rimbalzava sulle pareti, si ampliava in un frastuono tanto da sembrare un'orchestra in festa; viva, com'erano vivi loro due. Ogni tanto Tutul staccava lo strumento dalle labbra e cantava, mimando un ballo strano tutt'attorno a Cocom, come se fosse un rosso fuoco. Il giovane uomo non diceva nulla, ma a occhi chiusi respirava ancora l'odore della pioggia. In quel tutto, pareva di sentire voci allegre di gente che ballava e la gioia di una remota vita dimenticata in qualche villaggio costruito di paglia e di fango, come il suo, con quel profumo tipico dell'impotenza e della povertà. Gli sembrava d'essere tornato a respirare dopo tanto tempo.

Il Sole splendeva tra nuvole bianche e un nuovo giorno illuminava la valle in ogni suo angolo.

Risalita la parete del dirupo, Cocom e Tutul s'incamminarono verso sud, senza un motivo ben preciso, usando come unico riferimento l'astro più luminoso di tutti. Avevano trovato l'orto di un piccolo contadino e ne avevano fatto razzia: i campi erano immensi e indifendibili, e i contadini non riuscivano a proteggere tutto il raccolto. Assaporare i frutti della terra raccolti con le proprie mani fu una gran cosa, per entrambi. Si erano fermati sul ciglio di un sentiero ai confini del mondo dell'uomo. Non un animale era ancora passato da quelle parti e la vegetazione tinteggiava di un verde vivace i contorni di quel quadretto.

Tutul domandò:

- Cosa stiamo cercando?

Cocom sputò contro un sasso il torsolo duro di una mela, mentre il resto era ancora tra i suoi denti. Era da parecchio tempo che non mangiava qualcosa di così saporito e il fatto che l'altro lo avesse interrotto proprio mentre sentiva il succo dolce del frutto passargli sulla lingua, lo aveva innervosito. Emise un lungo ringhio basso, poi rispose:

- C'è bisogno di una meta per iniziare un viaggio?

- Sì, altrimenti non avrebbe senso chiamarlo viaggio...

Cocom addentò l'altro frutto che teneva tra le mani, mentre infuriato volgeva lo sguardo altrove:

- Potrebbe essere davvero così...

- Conosci questo posto così grande e abitato?

- El Mirador.

- Che?

- È un posto abitato da centinaia di anni, siamo Maya, no?

- Cosa sono questi segni?

- Scrittura complessa, amico mio.

- Scrittura complessa? Che significa?

- Sono messaggi; se sei in grado di leggerli, sarai in grado di comunicare con chi li ha scritti.

Un grande villaggio in festa era sempre una bella cosa, a vedersi: pieno di suoni e profumi, di colori e di vita. Il flauto suonò di nuovo, mentre danzava con le donne del posto canzoni e balli conosciuti solo in quella terra calda. L'odore buono dei capelli lunghi da signora impregnava la zona ed era una cosa squisita, almeno quanto lo erano gli aromi dei distillati. Ad un certo punto Tutul si stancò di saltellare come un pazzo a destra e a sinistra, raggiunse Cocom alla panca e gli si affiancò sorridendo, continuando a battere il tempo con le mani e con i piedi, accompagnando il ballo di chi ancora si muoveva sulla pista. La musica accompagnò i pensieri e le menti dei due giovani uomini per quasi tutta la notte.

- Cosa vedi al di là della Morte, Cocom?

- Non c'è niente al di là, solo un crepaccio nel quale buttarsi!

- Così vedi la Morte?"

- Tu come la vedi Tutul? Sentiamo...

- Anche io la vedo così. Però io non ho paura del buio, indio... tu ne hai?

- Non mi pare proprio!

- Allora sei davvero un grande uomo.

Il giorno dopo girarono a lungo nel sito. Era enorme: centinaia di edifici, di palazzi, alcune strutture erano alte oltre trenta metri, poi videro il grande edificio detto El Tigre, ancor più alto e la piramide La Danta che era imponente e impressionante.

- Questa è casa tua?

- No, - rispose Cocom. - Ma questo è il mio villaggio.

Tutul era stupito:

- Siete a migliaia, qui.

- Sì.

- Ma come abbiamo fatto ad arrivarci?

- El Mirador è interconnesso ad altre città vicine da sabeo, reti di strade. Tutul, non eravamo molto lontani da Nakbé quando ci siamo tuffati nel fiume.

- Ma cosa sono queste strane piramidi?

- Sono osservatori. Si tratta di piramidi triadiche.

- Che significa?

- Strutture formate da una piramide principale, affiancata a sua volta da due altri edifici, il tutto ubicato su di una piattaforma cerimoniale.

- Perché le avete fatte così?

- Per osservare le stelle. Soprattutto dalla grande piramide del Tapiro. Che è la più alta e la più grande che esiste.

- Come fai a saperlo?

- Io sono qui per questo: per sapere e per vedere.

- Come? E che cos'è questa pietra?

Tutul indicò una meravigliosa scultura in bassorilievo.

- Già, questa notte ti farò vedere cosa è il mito. Come viene rappresentato l'essere doppio Ixbalanque-Hunacpù che esce dall'inframondo, portando con se la testa di suo padre Hun-Hunapú.

- No!

Cocom guardò in tralice Tutul, domandandogli:

- Hai paura?

- Sì.

- L'essere doppio è in cielo, non è qui. Ma è Oxlahun-ti-ku che da lassù che ci inganna e che ci uccide.

La voce di Tutul fu un mormorio:

- Oxlahun-ti-ku?

- Sì.

- Il tredicesimo? L'ultimo pianeta visibile?

- Sì, - rispose Cocom, sorridendo con quel suo ghigno sghembo.

- Ma arriveranno le divinità delle api a ucciderci!

- Noi possiamo solo osservarlo e io te lo farò vedere. Tutul, ti mostrerò il suo volto. Non temere.

- Ma come ti ho detto, ci vedrà!

- No. Non gli interessa: ritiene noi bipedi così piccoli e insignificanti da non poter capire, né sottrarci al suo influsso malefico. Ma ha ragione solo sulla seconda cosa.

- Ma cosa succederà?

- Purtroppo niente, ma Tutul questa notte vedrai l'ultimo pianeta visibile a occhio nudo del Sistema Solare e quindi anche il limite della materia contro cui si scontra tutto ciò che è umano.

Maria la Profetessa

"Abulafia diceva che hashaba'ot erano gli incantesimi. Incantesimi che mette in correlazione con il pianeta. Incantesimi che modificano la realtà.

E sempre secondo Abulafia il 7 è Shabbat, Shabbetay, Shemittin e Yovelin.

Quindi hashaba'ot secondo me deriva proprio dal 7, cioè dal Shabbethay, cioè dal pianeta."

Dalle memorie del professor Vidagdha.

Anno terrestre III sec d.C.

Alessandria

Maria era seduta in penombra le lunghe gambe affusolate appoggiate con dolcezza su un piccolo sofà. Era una bellissima donna dai lunghi capelli rossi e dai grandi occhi verdi. Le bastava guardare gli uomini per incantarli, ma grazie alle sue capacità dialettiche e alle percezioni magiche che la rendevano in grado prevedere il futuro, estendeva il suo fascino in qualsiasi direzione. Era ben nota per i suoi esperimenti e soprattutto per le sue nuvole di fumo. Nuvole che si levavano, che vagavano, nuvole da cui lei coglieva messaggi sottili. Non amava fare come i suoi simili, soprattutto gli uomini, che seppur addentro ai misteri intendevano sfruttare la natura per piegarla secondo la loro volontà utilitaristica. Quante volte aveva riso del loro sogno alchemico di trasformare il metallo in oro. Per Maria la giudea il tempo speso dai suoi colleghi per questo scopo era tempo perso, era svilimento delle forze creatrici. Lei invece lavorava per riuscire a entrare in sintonia con il creato attraverso ogni singola pianta, pietra, frutto, fiore, o minerale. Maria le sfiorava delicatamente e sottilmente ne coglieva la parte magica, liberandola a beneficio di tutti.

- Il risultato atteso non ci sarà, se non impareremo a rendere incorporei i corpi e corporee le cose prive di corpo...

Mormorò tra sé, mentre utilizzava quella tecnica di cottura che tanto la rendeva misteriosa agli occhi degli altri. Ma per lei era normale cercare di sfruttare il calore rilasciato dall'acqua in ebollizione per evitare di sottoporre l'alimento a sbalzi termici. In fondo altro non doveva fare che ispirarsi alla natura, a quel calore dolce e tiepido di trasformazione generato all'interno dell'utero femminile che determina la crescita e lo sviluppo miracoloso del feto. Pose così il contenitore dentro il bacile d'acqua che aveva posizionato sul fuoco, in modo che il calore del liquido riscaldasse il piccolo vaso per non sottoporlo all'azione diretta delle fiamme.

Ad Alessandria, Maria aveva scritto molti lavori sull'invenzione e la costruzione di complicati apparecchi per la distillazione e la sublimazione: teorie, trattati che aveva curato nei minimi particolari. Si allontanò dal tavolo e corse a prendere appunti, mentre osservava e studiava l'azione che i vapori di mercurio, arsenico e zolfo esercitavano sui metalli. Prese lo strumento da lei inventato, il Kerotakis: una sorta di cilindro con la calotta emisferica messa sul fuoco, nella cui parte bassa venivano riscaldate soluzioni di mercurio, di solfuro di arsenico e zolfo. Nella sua sommità lei riponeva i metalli da trattare; i vapori dello zolfo attaccavano il metallo liberando solfuro nero che si pensava fosse il primo stadio della trasmutazione. Ma lei non mirava a tutto ciò, lei amava usare il Kerotakis per estrarre gli oli vegetali come l'acqua di rose.

Aros fece alcuni passi nel laboratorio e avvicinandosi a lei, le porse i suoi rispettosi saluti. Quella donna rappresentava un enigma e una divinità a suoi occhi.

- Profetessa, ho davvero sentito dire da molti che voi sapete sbiancare la Pietra in un giorno.

- Sì, Aros, anche solo in una parte di esso.

- Donna Maria, quando faremo l'Opera che affermi? Come faremo a sbiancarla e poi ad annerirla?

- Aros, - disse alzando i suoi limpidi occhi castani verso di lui, - tu come molti altri non avete ben compreso questa parte. Non sai, Aros, che c'è un'acqua che è in grado di sbiancare Hendragem?

- Forse era vero, ma oggigiorno non c'è più, - disse gentilmente l'altro. - O sbaglio?

- Hermes in tutti i suoi libri ha detto che i filosofi sono in grado di sbiancare la pietra in una sola ora. - Rispose Maria.

- Bene. Eccellente!

- Eccellente per chi sa. - Rispose ancora la donna.

- Se gli uomini hanno tutti e quattro gli Elementi, egli, Ermete, sostiene che i loro fumi potrebbero essere completati e coagulati, e conservati per un giorno, fino a che se ne raggiunga il fine.

- Aros, se i tuoi sensi e la tua comprensione non è solida non dovresti ascoltare le mie risposte. Almeno non finché il Signore non abbia riempito il mio cuore con la grazia della sua Volontà divina. Adesso però Allume, Gomma Bianca e Gomma Rossa, il Kibric dei Filosofi, il loro oro e la loro più grande tintura, e uniscili con un vero matrimonio la Gomma bianca con quella rossa... mi capisci, vero?

- Sì, Signora, - rispose Aros. - Comprendo bene ciò che dite.

- Perfetto, riduci tutto questo in Acqua Colante, - proseguì Maria. - E purifica sul Corpo fisso quest'Acqua davvero divina, prodotto di due Zolfi, rendi liquida questa composizione, con il Segreto delle Natura, nel vaso della Filosofia. Continui a capirmi, vero?

- Sì, Signora, - rispose Aros sorridendo. - Vi seguo, non temete.

- Fa in modo che il fumo non si disperda. Manda tutto a fuoco dolce, un po' come il calore del sole nel mese di giugno o luglio...

Aros, però, si era perso nel procedimento. Sbottò:

- Ma è questa la pietra della verità?

- Sì. Ma non a tutti è dato comprenderlo.

- Maria, cosa è il Kibric? Capisco che si tratta di un composto fatto da due o tre corpi: una cosa rossa, una bianca e forse da un 'alum'. Ma cosa è?

- Non è cosa semplice per le menti semplici. Ti basti sapere che da questo composto si ottiene un'acqua corrente, un Mercurio. Un'acqua ottenuta per mezzo dei due Zolfi, il bianco e il rosso. Quest'acqua si fa prima vetrificare, poi la si fa liquefare sul corpo fisso grazie al Secretum Naturae...

- Tutto sommato è facile.

- Già, ne sei sicuro Aros? Ricorda, noi dobbiamo solo seguire la via della Natura: calcinare per vetrificare, come facevano gli egizi, poi fonderla con l'aiuto di un fondente, infine utilizzare quel Secretum.

- Hai ragione, Maria.

- Ricorda sempre Aros: 'Una Via, Una Res, Una Dispositione'. Perché la Materia è una sola, portatrice in se stessa di Sole e Luna. E ricorda l'Elzarog.

- Elzarog?

- Senza di esso, sulla terra nulla è concesso. Ricorda questo piano è comandato dall'Elzarog.

- È un termine arabo, mia signora?

- Sì, Aros. È l'Acua Saturni, che ovviamente non ha nulla a che fare con il piombo: è un'acqua capace di fissare un'aria.

Aros si mise le mani sugli occhi.

Irene di Bisanzio

"Il sole si oscurò per 17 giorni senza irradiare, tanto che i vascelli erravano sul mare; e tutti dicevano che era per via dell'accecamento dell'Imperatore che il sole rifiutava la sua luce.

E così salì al trono Irene, madre dell'Imperatore."

Teofane, Cronaca

Anno Terrestre 800 d.C.

Isola di Lesbo

Irene si guardò le mani. Indecisa.

L'Ateniana era stata sposata con l'erede al trono di Bisanzio Leone, figlio dell'Imperatore Costantino V. Ricordò come qualche anno prima alcune navi erano andate a prenderla dal palazzo di Hiera, per portarla a Costantinopoli dove era stata accolta solennemente. Ricordò il suo matrimonio nella chiesa di Santo Stefano e ricordò come ricevette la corona imperiale. Poi, dopo la morte di Costantino V, lei divenne Imperatrice. All'epoca le era sembrato di aver superato la minaccia di Cesare Niceforo, che bramava d'impadronirsi del potere ed era riuscita in segreto a continuare a venerare le immagini sacre. Anche Leone IV, suo marito, si era dimostrato tollerante con gli iconoduli e aveva avviato la persecuzione contro di loro solo dopo aver scoperto, nella sua stanza, immagini di santi nascoste sotto il cuscino. Irene sorrise ricordando con quanta foga avesse provato a giustificarsi di fronte al marito, ma invano, in quanto lui le tolse immediatamente il favore imperiale. Guardò il mare da lontano e chiuse gli occhi al pensiero della morte di suo marito, colto da malore mentre provava una corona. Non provava né rabbia né soddisfazione.

Riaprì gli occhi, il tramonto rosseggiava tutto intorno alla piccola isola. Ricordò come, ancora una volta, respinse Niceforo e i suoi fratelli e li costrinse a farsi preti. Certo, era stata costretta a negoziare una tregua con gli arabi-musulmani per evitare l'invasione, ma non aveva avuto altra scelta. Una lieve smorfia di soddisfazione questa volta si aprì sulle sue labbra, al ricordo di come era riuscita ad abolire l'iconoclastia. In fondo era vero: le icone potevano essere venerate, ma non adorate.

I suoi occhi torbidi e un tempo affascinanti si riempirono di ricordi del tempo in cui suo figlio, Costantino VI, si era ribellato al suo potere. Quel bimbo, loro figlio, Costantino VI, aveva solo nove anni all'epoca e il potere ormai era finito saldamente nelle sue mani.

Le possenti e lunghe onde che s'infrangevano una dopo l'altra, senza soluzione di continuità, sulla scogliera sembravano ricordarle tutte le frustate che gli aveva fatto dare dopo averlo arrestato. Ma era tempo passato ormai, le cose erano cambiate. Si trattenne, avrebbe fatto l'esperienza tra poco. Per ora aveva solo un compito: ripercorrere tutta la sua vita con il pensiero per ricordarsi bene chi era. Fissarselo a mente. Rammentò persino quando era fuggita e si era nascosta per un po' a Palazzo di Eleuterio, ricordò di come solo due inverni dopo avesse ripreso con la forza il titolo di Imperatrice, regnando insieme al figlio, prima di riuscire a deporlo definitivamente. I suoi lunghi capelli ricci le si muovevano accarezzati dal vento che spirava su Lesbo. Finalmente era Imperatrice, ma non consorte regnante. La chiamavano basileus invece che basilissa. Ma a lei non importava.

Non durò a lungo, perché quando il papa dichiarò il trono "romano" vacante perché non c'era un uomo, lei fu detronizzata da una congiura capeggiata da Niceforo I. Chiuse gli occhi sperando di far sparire alla sua vista quell'isola sulla quale era stata segregata.

Ora attendeva l'ora profana. Quello era il giorno giusto. Era il momento giusto. Si lasciò il mare alle spalle e entrò nella stanza con lo specchio, quella stanza senza finestre: l'unica luce che aveva era costituita da una candela dalla fiamma piccola e tremolante. Ma a parte questo Irene era nell'oscurità totale. Aveva studiato gli antichi tomi e sapeva che era l'unica possibilità che aveva. Doveva essere nell'oscurità quasi assoluta se voleva vedere qualcosa. Respirò a fondo, lentamente e si predispose. Cominciò a recitare alcune antiche preghiere cristiane. Irene continuò a lungo con voce monotona e atona fin quando le parve di vedere un movimento dentro lo specchio un movimento. Con rinnovato vigore riprese a ripetere la stessa preghiera senza soluzione di continuità. Finalmente la fiamma della candela divampò e cambiò colore: era diventata completamente verde. Un verde innaturale. Infine, l'immagine dell'arcangelo Michele si stabilizzò nello specchio. Irene fece un passo indietro spaventata. Quell'essere che la guardava dallo specchio assomigliava molto alla raffigurazione cristiana degli angeli, a parte la sgradevole bruciatura sul lato sinistro del volto e quegli occhi insoliti, stanchi e molto infossati. Lei si inchinò, sempre stando molto attenta a non spegnere la fiamma.

- Sei certa di voler proseguire il rituale?

La voce di Michele giunse inaspettata. Era graffiante e non molto piacevole da ascoltare.

- Sì.

- Bene: ti farò sette domande e se risponderai ad almeno quattro di esse in maniera esatta, ti permetterò di conversare con un defunto o conferire a un vivente l'immortalità. Ma se risponderai a tre o meno domande ti taglierò la gola!

- D'accordo. Va avanti.

Irene era risoluta, sentiva di non aver molto da perdere: la sua vita le stava scivolando tra le dita.

- Parlami della Luna... - disse l'Arcangelo Michele.

- La Luna è un piccolo pianeta insignificante che assume candore nella notte, soltanto grazie alla luce solare. Appare come una terra desolata, piena di rocce e fosse dal diametro pazzescamente ampio.

- Eppure... quante canzoni le hanno dedicato?

- Non lo so, - ammise Irene. - Era una domanda quella?

- Quante poesie, quante serenate?

- Come si può esserne sicuri?!

L'imperatrice urlò, infuriata per quelle domande assurde a cui nessuno poteva rispondere.

- Quanti uomini si sono spremuti nella loro migliore creatività, soltanto per esaltare quella figura dominante nel cielo limpido nelle notti d'inverno?

- Non lo so, - rispose Irene, affranta, consapevole del suo destino.

- Quante donne ancora sospirano davanti alla sua immagine, come pallida consolazione, come intima e segreta amica per dimenticare l'amor perduto?

- Perché continui a farmi domande? È evidente che non so rispondere. Ho perso. Ecco il mio collo!

Irene tirò indietro la testa, scoprendo la gola.

- Anch'io sono ipnotizzato dalla Luna e mi sporgo ancora un po' per non perderla di vista...

Irene sentì il vento fresco e profumato dei fiori accarezzarle i capelli in modo un po' violento.

- Ehi, Luna, - continuò la voce stridula dell'arcangelo. - Forse tu conosci le risposte delle mie domande più proibite? Luna, spia di ogni essere umano, osservi in silenzio tutto ciò che ti circonda... e non riveli altro, se non quell'aura di mistero.

L'imperatrice sbottò ancora:

- Perché non mi uccidi?

- Luna... conosci tutto di noi e ti trasformi a seconda del luogo in cui proietti la tua luce. Nei viali diventi una puttana, nelle piazze un vecchio che gioca a carte e beve del vino, nelle camere da letto una ragazza sognante su un diario fitto di parole d'amore e desideri, oppure due amanti nella loro prima notte d'intimità.

Irene rimase colpita da quelle parole. Perché stava accadendo questo? Cosa voleva dire quell'essere che le sembrava l'arcangelo Michele? Perché non l'aveva uccisa come dicevano le leggende?

- Certo, tu non sei certo Dio, ma speravo fossi almeno il suo intermediario...

Irene guardò l'immagine nello specchio che si affievoliva insieme alla fiamma della sua candela.

- Speranze, purtroppo, rivelatesi morte... chi ti comanda, Luna?

Silvestro II

"Shabbettay sovraintende al buio, al piombo e a ogni altra cosa oscura alla bile nera.

E quando arriverà al punto di massima esaltazione non declinerà più come è stato scritto.

È la casa natale dei poteri demonici."

Dalle memorie del professor Vidagdha.

Anno terrestre 999 d.C.

Roma

Due figure procedevano in fila indiana lungo il grande spiazzo verso la chiesa di Santa Croce in Gerusalemme. La prima figura era ritta e fiera, ma completamente assorta nei propri pensieri e a stento si ricordava d'illuminare il cammino con la lampada a olio. La seconda avanzava china sotto il peso di una sorta di zaino che aveva agganciato alle spalle da cui sbucavano due strani tubi di metallo. Il vento sembrava voler sbarrare loro il passaggio. Ululante cercava di spingerli via, di rimandarli indietro e non cessava di gridare nelle loro orecchie moniti demoniaci. Ma il primo, quando scorse tra le tenebre le sagome della torre, virò in quella direzione senza indugio e anzi accelerò il passo distanziando l'altro uomo che, prostrato sotto il peso del suo fardello, lo seguiva. Nessun altro si trovava nel campo lateranensis, se non un gatto malconcio, sfuggito a chissà quale cuoco e un paio di grossi topi che famelici cercavano di non farsi scappare quel pasto. I volti delle due figure erano celati dai cappucci. L'uomo che stava dietro urlò nel vento qualcosa verso chi lo precedeva, ma questi continuò ad avanzare probabilmente ignaro della richiesta. Erano quasi arrivati nel cono della torre che li avrebbe protetti dal vento.

- S... ma per... co... questo vento?

Le parole giunsero spezzettate alle orecchie dell'uomo che conduceva la spedizione.

- Perché è una notte splendida e senza nuvole, per fare quello
che dobbiamo fare.

Raggiunse di corsa la piccola porta sulla parete occidentale della torre. Infilò la chiave nella toppa e, dopo un paio di vigorosi giri, la spalancò e alzò la lampada a olio per illuminare l'interno. Una lunga scalinata di legno s'innalzava spiraleggiando verso l'alto.

Si tolse il cappuccio e si voltò verso il suo secondo. Due profondi occhi grigi osservarono l'involto sulle spalle dell'uomo in cerca di un qualche danno. Ma non ne trovarono. Sorridendo soddisfatto, senza dire una parola, si voltò e cominciò a salire gradino dopo gradino seguito immediatamente da quel piccolo uomo magro dai lunghi baffi neri e dagli occhietti vivaci. Salirono a lungo fermandosi di tanto in tanto per riprendere fiato. In una di queste occasioni l'uomo con lo zaino accese anche la sua lampada a olio con fare serio e preoccupato. L'altro invece, aveva un'andatura eccitata e infantile, era come un bimbo affascinato ed eccitato da quanto stava per fare. Ma il suo volto serio e i suoi intensi occhi grigi davano alla sua figura una regalità quasi disumana. Poi, ansando per la fatica, finalmente arrivarono in cima e sbucarono all'aperto. Solo allora si resero conto di quanto quell'edificio di pietra, dagli scalini di legno scricchiolanti, li aveva fino a quel momento difesi da quelle gelide dita invisibili che non avevano rispetto per i loro corpi. Alzarono entrambi le lampade a olio per illuminare quel quadrato delimitato dalle mura. Un quadrato oscuro e silenzioso spazzato dal vento nella notte della Città Eterna.

    - Quadrato... la materialità. Le cose materiali, demoniache. Ma
    esiste davvero questo quadrato? Esistono davvero queste mura
    di pietra?

Il secondo non disse una parola. Rabbrividì e si limitò a cercare di rimanere in equilibrio, mentre osservava l'altro compiere strane misurazioni con le mani e con le stelle e segnare in terra simboli e linee sconosciute. Quando si ritenne soddisfatto, si fermò e si voltò, scrutandolo con quegli intensi occhi grigi. Era come in attesa di una domanda.

    - Santità, davvero avete intenzione di compiere il rito?
    - Senza dubbio Ficoncinius, senza dubbio!
    - Temo che qualcuno potrebbe ritenere tutto ciò, come dire...
    - Non indugiare. Su, esprimi ciò che pensi!

- Pontefice, non penso che sia eretico quello che vi apprestate a
fare, ma sono certo che se si sapesse all'interno del Patriarchio,
se Iordanus venisse a conoscenza che voi e io abbiamo
compiuto questo rito ancestrale...

Il vento ululava incessantemente sui merli della torre nella piazza antistante la basilica. Da lassù persino le possenti mura romane che proteggevano la città sembravano piccole. Il papa a stento avanzava sulle linee tracciate in terra. Sembrava un fantasma, con la veste svolazzante e con la testa rivolta verso le stelle; un fantasma incerto che avanzava passo dopo passo, lentamente, incurante dei dubbi e delle debolezze del suo segretario.

- State cercando il Signore in cielo?

- No, - rispose il papa. - Cerco il suo avversario.

Ficoncinius rabbrividì, guardò il pontefice che avanzava in maniera rituale sotto il cielo, guidato solo dalla luce di quelle fredde e lontane stelle e si fece il segno della croce.

- Ecco... questo è il posto esatto, - disse Silvestro II, fermandosi
di scatto nell'angolo sinistro della torre. - Forza, passami i tubi!

Il suo segretario si tolse velocemente la pesante borsa che aveva sulle spalle ed estrasse con attenzione i due lunghi tubi, passandoli al papa uno dopo l'altro. Il pontefice li prese e li posizionò uno sull'altro e li roteò finché non s'incastrarono con un rumore secco. Poi appoggiò l'estremità del tubo sui merli e mise l'occhio dall'altra parte, cominciando a puntarlo e a spostarlo verso quel cielo nero punteggiato di stelle.

Improvvisamente si fermò, come se avesse trovato il punto giusto:

- Ci siamo!

Il papa esclamò, quasi completamente disteso in terra con il tubo sostenuto dalle mani e appoggiato al muro esterno, in una posa che mal si addiceva a un pontefice.

- Che cosa vedete? - Domandò Ficoncinius, rabbrividendo nel
mantello.

- Il nemico dell'umanità!

- Cosa? St-state ve-vedendo Satana?

- In un certo senso...

- Ed è giusto vederlo? S-si dice che sia pericoloso farlo...

- No, Ficoncinius, è pericoloso non rendersi conto della sua esistenza!

L'uomo si chiuse in un silenzio dubbioso. Tremava dal freddo, ma anche dalla paura. Cosa stava osservando il papa sdraiato per terra? Se qualcuno lo avesse visto in quella posizione, avrebbe perso tutto il rispetto della curia e della Chiesa. Ficoncinius stava morendo dal freddo, il vento sferzava violentemente le sue vesti, ma i suoi occhietti marroni brillavano di timore e curiosità. Tentennò, si schiarì la voce, fece un passo avanti e poi uno indietro, finché non si decise a formulare la domanda.

- C... che a... aspetto ha?

Silvestro II continuava a osservare il cielo attraverso quel tubo ripieno di vetro, cambiando posizione spesso, cercando quella più comoda e quella più stabile.

Non sembrò averlo sentito. Ficoncinius riprovò avanzando di un passo.

- C... che a... aspetto ha?

- Cosa? - rispose dopo un po' il pontefice, senza distogliere lo sguardo da ciò che stava facendo.

- Satana...

- Cosa?

- Satana... che aspetto ha?

- Una palla, simile alla luna, più grande. Diffida degli anelli...

- Santità, non capisco. Cosa volete dire?

- È un pianeta circondato da anelli. Anelli così grandi che noi potremmo essere in un anello.

- Cosa è un pianeta? - domandò Ficoncinius confuso.

- Immagina la luna, ma decisamente molto più grande. Un globo immenso. Secondo me deve essere almeno cento volte più grande della Terra!

- Vedere il cosmo è proibito. Solo Dio può farlo, figuriamoci poi comprenderlo.

- Chi lo dice?

- Le scritture! Non si deve guardare il cosmo, la creazione di Dio, noi non siamo degni di farlo...

- No! Noi dobbiamo farlo. È nostro compito, se vogliamo capire come vanno le cose veramente. Se vogliamo addivenire a comprendere le leggi che regolano il tutto. Se vogliamo capire come tutto esista e perché. Noi dobbiamo vedere, guardare, capire!

Ficoncinius rimase in silenzio, con il vento che gli fischiava nelle orecchie. Tra poco sarebbe arrivata l'alba. Tra poco i primi contadini avrebbero varcato le grandi porte e avrebbero portato le loro masserizie in città per venderle. Se non si fossero sbrigati, sarebbero stati sorpresi sulla via del ritorno, con quegli strani tubi pieni di vetri che sembravano una creazione del demonio. Ma il papa non sembrava preoccupato per questo e continuava a prendere appunti frettolosi e incomprensibili.

- Santità...

- Sì? - rispose sovrappensiero Silvestro II che aveva smesso di osservare il cielo e giaceva a terra osservando i suoi appunti alla luce della lampada a olio.

- Dobbiamo rientrare.

- D'accordo. Sei un brav'uomo Ficoncinius, non voglio esporti ancora alla nefasta influenza di Shabbetay.

L'aiutante non se lo fece dire due volte e si precipitò a raccogliere velocemente i tubi. Li riposizionò con cura nella borsa, aiutò il pontefice ad alzarsi e lo guidò nella discesa nel ventre legnoso della torre. Era stanco e preoccupato, non osava domandare cosa volessero dire quelle oscure parole. In quel momento non voleva altro che ritornare al sicuro dentro il Patriarchio e nascondere tutte quelle attrezzature che da chiunque sarebbero state additate come opera del demonio.

Spazio

Laggiù dove nessuna radiazione solare giungeva, laggiù dove arrivavano appena le reazioni termonucleari di fusione dei nuclei solari distanti eoni, dove si avvertiva appena la pallida eco delle radiazioni elettromagnetiche su frequenze e lunghezze d'onda impercettibili e debolissime, regnava il buio e il freddo. Non esisteva nulla in grado di produrre luce, solo qualche atomo neutro e qualche buco nero. Onde lunghe infinite, di materiali infinitamente piccoli, lambivano le profondità dell'abisso spaziale. Si rifrangevano sui pianeti, accarezzavano i satelliti naturali e si strusciavano sulle orbite con fare sinuoso e avvolgente. Il tutto nell'oscurità più profonda, al segreto da sguardi indiscreti, nel gelido mare dello spazio assoluto e remoto. Lontanissimo, una stella era collassata e l'elio si era fuso. Da migliaia di anni era l'unica cosa che disturbava il nulla. Una quantità di polvere spaziale incalcolabile della gigante rossa era stato sparato nello spazio, ma sfiorava appena quelle remote regioni interstellari.

Forse si era trattato in origine di un sistema doppio, forse dischi di polvere provenivano dalla sola stella gigante e ferro, silicio, calcio e carbonio ormai vagavano in forma di minuscoli granelli solidi.

Ma nulla di più.

Johannes De Sacrobosco

"Shabbetay fondamentale in ambienti cabalistici, soprattutto gematrici, è il padre della captazione, dell'attrazione grazie a poteri propri, attraverso rituali particolari a noi sconosciuti ma noti agli antichi rabbini."

Dalle memorie del professor Vidagdha.

Anno Terrestre 1256 d.C.

Parigi

Johannes de Sacrobosco, conosciuto anche come John of Holywood, era chino sull'abaco. Il suo tavolo era pieno di fogli e di pietre che posizionava in varie colonne con la velocità con cui una vespa evita i fendenti dei contadini. Il suo gomito destro era bagnato d'inchiostro e un calamaio rovesciato evidenziava l'origine di quanto accaduto, ma Sacrobosco non sembrava per nulla infastidito da quella manica appesantita che lasciava sul tavolo strisce nerastre tanto era preso dai suoi calcoli.

Erano ore che era chino sui suoi studi, quando, improvvisamente, sollevò la testa e, dopo un attimo di riflessione, si alzò e frettolosamente andò verso gli scaffali ricolmi di libri e pergamene. Li osservò con attenzione e trovò quasi immediatamente quello che stava cercando: Sacrobosco aveva studiato a Oxford e quel testo sull'astronomia era quanto di più prezioso avesse nella sua rifornita, ma caotica libreria. Anni addietro se n'era impadronito con l'inganno, ma era stato per un buon fine, laggiù a Oxford quel testo fondamentale non avrebbe fatto altro che prendere polvere e tacere la sua saggezza.

Non aveva tempo da perdere: il suo trattato rivoluzionario era quasi completo; certo, doveva stare attento e ponderare le parole e i concetti, poiché aveva scoperto quanto la Terra fosse notevolmente influenzata da ciò che accadeva nell'universo e aveva compreso quale fosse il suo posto nell'universo.

Era certo che i moti planetari si sviluppassero in maniera del tutto differente da come era universalmente accettato. Ovviamente perché la sua teoria fosse accettata, avrebbe prima dovuto confutare la teoria dominante che considerava la Terra come piatta. Ma non era solo in questa battaglia: anche Ruggero Bacone la pensava come lui. Il problema vero era che l'influenza dei cieli era notevolissima sulla vita umana, a tal punto da determinarne la natura, lo svolgimento e il destino. Come mettere in relazione tutto ciò con Cristo? Anche il Messia ne era stato influenzato? Oppure in quanto figlio di Dio, l'influenza non lo colpiva? Tutta la sua venuta era stabilita e ordita dalle sfere celesti? Se sì, questo significava negare la divinità di Cristo per la maggior parte degli appartenenti alla Chiesa... e questo era un pericolo. Un grande pericolo!

Decise di non pensarci e riprese a studiare. Ormai gli era chiaro che persino la Luna, quel piccolo globo bianco, aveva una forte influenza sulla Terra: la sua attrazione, quell'attrazione che esercita sul pianeta, combinata con quella del Sole, provoca deformazioni della Terra; maree soprattutto. I mari cambiavano di livello, perché l'acqua era attratta dalla Luna! Questa era una prova inoppugnabile per lui. Lo studio delle maree era molto complesso, ma era certo che sotto l'influenza della gravità lunare, l'acqua che è rivolta verso la Luna si solleva e forma un rigonfiamento, perché è attratta con una forza maggiore di quanto accade nel resto del globo, dalla parte opposta alla Luna. Già: l'acqua che si trova sul lato opposto viene attratta meno che il resto del mondo, quindi "si allontana" da essa; si forma allora un secondo rigonfiamento, di entità minore del primo. Come spiegare al mondo che questi rigonfiamenti erano dovuti all'influenze dell'universo sulla Terra? Non era semplice, doveva prima far accettare l'idea che la Terra fosse una sfera. Ma Sacrobosco aveva subdorato che ci fosse dell'altro, per questo teneva un secondo blocco di appunti, nel quale annotava altri dati. Dati ancor più scomodi. Dati che aveva comunicato solo a pochi eletti. Dati pericolosi che mettevano in dubbio molti punti fermi della scienza contemporanea, ma soprattutto della religione.

Il suo Tractatus de Sphaera avrebbe rivoluzionato il mondo, anche se sentiva che il trattato più importante, quello che non avrebbe mai visto la luce ufficialmente, avrebbe potuto gettare una luce insopportabile sulla verità dell'esistenza dell'uomo.

Sacrobosco si girò di scatto. Intorno a lui non c'era altro che la silenziosa e spaventosa oscurità. Il sole era calato e non se n'era accorto, tanti erano i ceri accesi lassù, in quella stanza all'ultimo piano.

Gli occhi, spalancati e frenetici, cercavano di bucare il buio, senza riuscirci. Domande senza risposta affollavano la sua mente. Cosa stava facendo? C'era qualcuno lì con lui? Si costrinse ad alzarsi, nonostante sentisse una forte debolezza attanagliargli le membra. Aderendo al muro retrostante con le braccia e i palmi delle mani, Sacrobosco esplorò quel luogo che fino a poco prima gli era sembrato sicuro e familiare, ma adesso i ceri si erano quasi tutti consumati e la loro luce faticava a tener lontane le tenebre.

In molti, in troppi non condividevano ciò che stava facendo, i territori che stava esplorando, ciò che stava scrivendo... doveva andar via da lì! Sarebbe ritornato l'indomani a finire, ma ora doveva andar via. Dopo un lasso di tempo incalcolabile, durante il quale si era quasi dimenticato di respirare, si azzardò a muoversi verso dove ricordava essere l'uscita. Perplesso si terse la fronte imperlata di sudore. All'improvviso percepì uno spostamento d'aria alla sua sinistra che gli fece accapponare la pelle. Si girò di scatto in quella direzione, con il braccio teso davanti al volto per intercettare eventuali colpi.

Nulla.

L'inquietudine iniziò a coglierlo quando il fenomeno si ripeté, in modo analogo, alla sua destra. Poco dopo Sacrobosco udì una voce, asessuata e languida, mormorargli vicino all'orecchio.

- Hai paura del buio?

Gridò, in preda a una paura viscerale e, nell'indietreggiare, urtò contro un ostacolo e perse l'equilibrio. Confuso, si ritrovò a terra, il busto sorretto da delle mani e le gambe appoggiate sopra un fagotto morbido e caldo. Quando il fagotto si mosse mugugnando, Sacrobosco si ritrasse precipitosamente, gemendo e coprendosi il volto, terrorizzato. Prese a negare nella sua mente, quanto stava accadendo, fin quando percepì un vago senso di calore carezzargli la pelle.

Sbirciando attraverso le dita, vide che nella stanzetta erano magicamente comparse delle torce che si stavano accendendo pigramente. Con un mugugno sorpreso appoggiò le mani in grembo e sbatté le palpebre, accecato da quella luce. Ora poteva vedere distintamente l'ammasso informe che stava sdraiato davanti a lui. Analizzandolo con occhio attento, comprese che si trattava d'una sagoma umana rannicchiata di spalle, coperta da un lungo mantello marrone che ne occultava le fattezze.

- Scusa, - mormorò Sacrobosco, allungandosi in avanti. - Tu...
Fu a quel punto, udendo che qualcuno gli stava rivolgendo la parola, che l'essere volse lentamente il capo nella direzione dello studioso.
Grazie alla tenue luce del fuoco, gli fu possibile intravederne il mento e le labbra femminee. L'essere misterioso lo scrutò per qualche secondo, con un leggero sorriso enigmatico ma al contempo cordiale. Incoraggiato, Sacrobosco ricambiò la gentilezza, ma d'improvviso e con un guizzo quasi impercettibile, l'espressione benevola di quella creatura mutò in maligna. In una frazione di secondo l'astronomo si ritrovò schiacciato contro il muro. La figura s'era mossa molto velocemente, troppo velocemente perché potesse scansarsi e ora lo aveva in pugno, con i polsi bloccati in un'insospettabile presa d'acciaio. Il movimento repentino aveva fatto cadere il cappuccio dalle spalle del nuovo venuto e ora, per la prima volta, Sacrobosco poteva finalmente distinguerne le fattezze. Ciò che vide gli bloccò il respiro in petto e lo paralizzò all'istante. Stava osservando nient'altro che il proprio volto, con l'unica differenza che quegli occhi brillavano di luce scarlatta e che quella bocca era contorta in una smorfia sadica. Quella cosa si piegò sull'astronomo, impedendogli di scappare con il peso del corpo, premendo le labbra vicino al suo lobo sinistro. In modo mellifluo, ma carezzevole, l'alter-ego di Sacrobosco cominciò a schernirlo.

- Siamo intrappolati nella tua mente, trascinati qui dalla tua superbia... e non credere di poter scappare. Ci troviamo in un labirinto di cui non esiste alcuna mappa!

Scese lungo il collo dell'astronomo, soffiandoci contro delicatamente, costringendolo a contorcersi per cercare d'allontanarsi. Il tentativo di Sacrobosco la fece ridere, ma al contempo l'essere serrò maggiormente la presa, facendogli scricchiolare le ossa.

   - Volevi esplorare il lato oscuro dell'universo, pensando di poterti ritrarre a tuo piacimento, vero?! Non è così facile mio caro: dovresti sapere bene che, quando affondi lo sguardo nell'abisso, l'abisso affonda lo sguardo in te.

Con le unghie dei pollici gli massaggiò pericolosamente la grossa vena sul collo, nel tentativo di stillare sangue e provocargli lamenti di dolore.

   - Ora che mi hai risvegliata, hai solo due possibilità per tornare alla tua vita, - la creatura gli sollevò il volto per osservarlo attentamente, con un'aria sfrontata. - Lottare e domarmi, oppure soccombere e lasciarti divorare!

Strofinò la guancia sinistra contro quella dell'astronomo, il quale cercò di divincolarsi. Un attimo dopo, la vena del collo fu bloccata e gli occhi dello scienziato cominciarono a roteare nelle orbite per la mancanza d'ossigeno.

Era finita.

Lei si alzò e si diresse dritta agli appunti di Sacrobosco: dovevano sparire.

Il suo trattato, invece, poteva rimanere lì. Non costituiva alcun pericolo. Nessuno avrebbe sospettato. Nessuno.

Dante Alighieri

"Alemanno collaboratore più anziano di Pico della Mirandola menziona il pianeta varie volte nei suoi scritti. Sebbene a Firenze fu in contatto con la dottrina di Marsilio Ficino egli non la seguì, ma scrisse: la terza sfera è quella di Shabbetay il più elevato e nobile e degno di tutti i pianeti.

I saggi dicevano che era il padre di tutti i pianeti.

Oggi so a cosa si riferiva."

Dalle memorie del professor Vidagdha.

Anno terrestre 1311 d.C.

Sarzana o Luni

La luce scemava lentamente mentre le ombre emergevano come gatti neri dagli anfratti in cui si erano nascoste durante il giorno e pian piano, mentre il sole stanco spariva dietro le cime delle torri e rifulgeva per un attimo sulle chiome rossastre degli alberi, prendevano possesso delle dolci colline, ammantando ciò che era stata Luni di una triste malinconia.

Gli occhi neri di Dante, seduto nei pressi delle placide acque del fiume, osservavano rapiti quel cambiamento di luminosità. Lì in Lunigiana, e a Luni in particolare c'erano significati reconditi, sottili che sfuggivano ai più, ma che lui sentiva a portata di mano. Significati, concetti, valori ancestrali e per questo non corrotti dai pensieri umani, che doveva inserire, in forma intelligente ed ermetica, nel libro a cui stava lavorando, nella sua Commedia.

Il suo esilio in quella terra pareva esser stato una cosa negativa e invece Dante si rendeva conto, giorno dopo giorno che dopo la battaglia di Lastre che lo aveva pressoché costretto a fuggire da Firenze che quell'esilio in Lunigiana, era vicenda fondamentale della sua vita ermetica. qui aveva capito, scoperto cose e misteri che andavano salvati, ma non prima di esser stati codificati. Doveva mettere nero su bianco per avvertire chi avrebbe, un giorno, potuto fare qualcosa. Forse. Dubitava perfino di questo. Sapeva che probabilmente sarebbe arrivato un giorno in cui le cose sarebbero divenute chiare. Sapeva anche che quel giorno non sarebbe arrivato mai nel suo tempo. Dante sollevò gli occhi scuri e fissò l'antica città di Luni che un tempo aveva scoperto si chiamava Luna.

Chiuse gli occhi e si sentì minuscolo e orrendo in quel dipinto enorme e stupendo della vita e del tempo che lasciava enigmi e indicazioni comprensibili solo a chi aveva la pazienza di soffermarcisi e l'abnegazione dello studio.

Dilatò gli occhi e lasciò fluire in sé tutto ciò che vedeva certo che lo avrebbe ispirato e guidato nel suo difficile compito. Abbassò lo sguardo e intinse la piuma d'oca nel calamaio e cominciò a scrivere sul vellum intonso che teneva sulle ginocchia. Dapprima poche righe, poi dopo correzioni e marginalia di ogni tipo riuscì finalmente a fissare il verso che desiderava.

> Nell'ora che non può 'l calor diürno
> intepidar più il freddo della luna,
> vinto da terra, e talor da Saturno;
> quando i geomanti lor Maggior Fortuna
> veggiono in oriente, innanzi a l'alba,
> surger per via che poco le sta bruna

Rilesse quei versi con la mente mentre l'occhio provato sbandava. Decise di usare la voce per non perdere il filo ma questa saltellava motu propriu sulle sillabe. Infine chiuse gli occhi e si lasciò andare a un sospiro di sollievo. Era stanco, il collegamento era lì, nero su bianco. Meglio di così non poteva fare. Adesso stava agli altri fedeli comprenderlo e tramandarlo.

> Se tu riguardi Luni e Urbisaglia
> come sono ite, e come se ne vanno
> di retro ad esse... Selene e...

Ma non riuscì a completare la strofa.
Sentiva che per quel giorno non poteva fare di più. Rimise a posto le sue cose nella borsa e si alzò faticosamente incamminandosi verso la città, verso Piazza della Calcandola. Le rive del fiume Magra lo avevano sempre attirato e i suoi versi sembravano collegati a quell'acqua scrosciante che dalle montagne si riversava in mare. Sentiva che lì e solo lì, era vicino alla vera identità della Terra,

che anzi secondo lui avrebbe dovuto chiamarsi Acqua perché aveva più acqua che terra in fondo. Si accorse solo allora che il sole era ormai tramontato e aveva cominciato a fare freddo. Accese la piccola lampada a olio e affrettò il passo stando attento a dove metteva i piedi. Superò l'ultima erta, quella con i gradini scavati nel pendio, e si fermò un attimo per voltarsi a guardare il Magra quando inciampò e cercando di non cadere fece precipitare la preziosa borsa nelle acque del fiume. Dante si sporse in avanti per cercare di riprenderla ma la Commedia e lui stesso finirono in acqua con un fragoroso scroscio. Sopraffatto dai flutti e dalla bruma che si andava levando Dante riuscì a malapena a tenersi a galla ma fu preda del Magra che lo allontanava in spinte capricciose e violente dalla riva, rapide che sciamavano su ciò che era sommerso dell'antico porto Romano.

Un colpo alla schiena lo fece roteare su se stesso e lo mise davanti alla sua preziosa borsa che, gonfia come una mongolfiera, stentava a inabissarsi. La vide passargli davanti come spinta da una forza dispettosa e comprese all'istante che quella era la sua unica possibilità. Goffamente cercò di afferrarla, le dita scarne si protesero verso il cuoio e i laccioli artigliandolo. Lo sforzo però lo mandò giù e l'acqua del Magra si riversò nella sua bocca. Riemerse con la forza della disperazione attaccandosi alla borsa e traendola a se, arpionandosi a un rudere Romano che non voleva arrendersi al trascorrere del tempo e sbucava come più di mille anni prima dall'acqua. Ma il Magra diabolicamente lo strattonava e lo mergeva quasi a fargli confessare i suoi peccati. Demoni antichi emersero dai resti sommersi della città Romana e gli artigliarono le caviglie trascinandolo giù verso i gironi del letto del fiume. Dante lottò ma il Magra con un ultimo forte strattone lo risucchiò in un gorgoglio beffardo.

Stordito e disorientato Dante cercò di gridare, ma non era più padrone della propria bocca, lo era il fiume. Si guardò intorno ma non vide altro che tenebre nauseanti e umide. Gli occhi spalancati invano in cerca della luce, le mani protese in avanti in quel buio liquido in cerca di salvezza. Precipitava verso il fondo preda di demoni antichi di mani e lari che tante volte aveva descritto e che tante volte gli avevano parlato durante le sue visioni. Rassegnato e insensibile sprofondò in quell'incubo oscuro. Fin quando, dopo quelli che gli parvero eoni, qualcosa di caldo gli si posò con dolcezza sulla fronte.

Quando riaprì gli occhi ma non vide altro che un manto nero. Poi pian piano in quel manto nero cominciarono ad aprirsi dei minuscoli buchi luminosi. Stelle. Erano stelle. E il manto nero altro non era che l'empireo notturno punteggiato di astri beffardi e distanti. A fatica si tirò se e si accorse di essere presso la riva del fiume, seduto in mezzo alla notte fredda.

Un movimento.

Improvvisamente si voltò alla sua sinistra. Davanti a lui, un uomo con indosso una veste bianca che sembrava brillare di luce propria.

   - Non aver paura.

Dante rimase colpito da quella voce, calda e familiare.

   - Chi sei? Sei anche tu un poeta? - Domandò, accorgendosi della corona d'alloro che cingeva la testa dello sconosciuto dai lunghi capelli ricci.

   - Sì, se per poeta intendi ciò che io chiamo donne.

Il cuore di Dante sussultò.

   - Cosa? Quale è il tuo nome?

   - Guido Cavalcanti... sei ormai pronto...

   - A cosa? - Mormorò Dante, con voce rotta dall'emozione: tanto era lo stupore che non sentiva neppure il freddo della tunica bagnata. Dante si sentiva teso, il cuore gli martellava all'impazzata nel petto e la mente faticava a star dietro ai mille pensieri, che come neri tentacoli gli sferzavano l'animo.

   - Adesso sai come vanno le cose in realtà, - disse Cavalcanti in un sussurro. - E la realtà si è rivoltata contro di te per proteggersi. Ormai, amico mio, sarà sempre così. Sei caduto nel fiume con la tua Commedia, solo dopo che hai scritto qualcosa di molto, molto importante. Non è stato un caso, così come non è stato un caso che io sia passato di qui e ti abbia salvato. Non sono un mago, ho solo avvertito il tuo pericolo.- Disse, cercando di tranquillizzarlo.

Ma Dante in tutta risposta scoppiò in un pianto nervoso.

- Perché? Non era questo il sogno della tua vita? Non era lo scoprir le cose che si celan dietro? Dovresti esser contento!

- Non è un pianto di dolore, - rispose Dante. - Ma di paura!

Cavalcanti rimase in silenzio osservandolo preoccupato. Quell'uomo aveva faticato così tanto per arrivare a comprendere che adesso era quasi pentito di averlo fatto. Sospirò in attesa che Dante riprendesse a parlare, sapeva che quel fardello non poteva esser sostenuto con facilità.

- Guido, per tutta la vita ho cercato qualcuno che la pensasse come me, qualcuno con cui non preoccuparmi di come parlare. Credo di averlo trovato in te...

Cavalcanti sentì stingersi il cuore. Quel ragazzo dagli occhi color nocciola aveva fatto molti progressi e adesso era come pentito. Aveva scoperto ciò che non andava scoperto e adesso ne era terrorizzato. Annuì silenziosamente, tra poco ne era sicuro, si sarebbe maledetto da solo per averlo fatto. Era un ragazzo promettente e dotato, ma era evidente che non era ancora pronto a sopportare da solo quel fardello di sapientia.

- Sono anni che ti osservo e che veglio sulla tua vita e sulle tue opere. Non ho mai 'deviato' una tua idea e a volte ho sperato che prendessi la strada sbagliata, ma non lo hai fatto. La tua percezione è grande, la tua abnegazione immensa.

- Come?

- Fedele amico mio, noi dobbiamo proteggerci a vicenda da chi non può comprendere. Da Saturno che è il nostro nemico e da tutte le sue incarnazioni, anche quelle più dure da digerire e accettare...

- Quali? - Domandò Dante che si sentiva sulla stessa lunghezza d'onda, ma al quale ancora poche cose erano chiare e definite. L'altro invece, da come parlava, sembrava aver capito molte connessioni.

- Devi scrivere con attenzione. Codificare meglio i tuoi pensieri, dare triplice significato ai tuoi canti perché ci stiamo per addentrare in un terreno che qui in molti chiameranno eretico. Il male è dappertutto intorno a noi, tu lo hai capito. Ora torna e finisci la tua Opera giacché questa vita, - disse Cavalcanti, sfiorando dei fili d'erba che si disgregarono al suo tocco. - Altro non è che illusione!

Dante si svegliò, urlando per la fitta a petto. Tossì e sputò l'acqua del fiume e a ogni conato il freddo di quella notte gli ricordò di essere vivo. Orecchie e occhi insensibili e doloranti. Si guardò intono confuso, ansimando per il dolore e la fatica. Nella fioca luce notturna vide la borsa adagiata sull'erba poco distante. La prese e l'aprì immediatamente e miracolosamente si rese conto che il vellum era ancora completamente leggibile.

- Grazie... - mormorò Dante in un sussurro.

Si alzò faticosamente sulle gambe e levò lo sguardo al cielo stellato sopra di lui.

- Grazie Guido... - mormorò in un flebile sussurro rivolto a quel cielo distante e silenzioso, poi si incamminò guidato dalle luci delle fiaccole del ponte poco distante, non si sarebbe fermato in osteria come aveva pensato di fare, non vi si sarebbe attardato mai più, non prima di aver codificato per bene il messaggio all'umanità nella sua Commedia.

Risalì verso Luni, l'antica Selene non era poi così distante.

Spazio

Laggiù nessuna radiazione solare era mai giunta, laggiù nell'abisso ove appena arrivavano le correnti reattive termonucleari delle fusioni dei nuclei solari distanti eoni; in quelle remote regioni spaziali, dove appena si avverte la pallida eco delle radiazioni elettromagnetiche che cavalcano a stento frequenze e lunghezze d'onda, divenute instabili e impercettibili a causa del buio e del freddo. Laggiù non esisteva nulla, non era mai esistito nulla in grado di produrre luce, tranne, forse, qualche atomo neutro e qualche buco nero. Infinite onde lunghe composte da materiali infinitamente piccoli lambivano dolcemente le profondità dell'abisso spaziale. Si rifrangevano sui pianeti, accarezzavano i satelliti naturali e le lune e si strusciavano sulle loro orbite con fare sinuoso e avvolgente. Il tutto al segreto da sguardi indiscreti, nell'oscurità più profonda, nel gelido mare dello spazio assoluto, remoto ed eterno. Lontanissimo una stella era collassata e l'elio si era fuso. Da migliaia di anni era l'unica cosa che disturbava il nulla. Una quantità di polvere spaziale incalcolabile della gigante rossa era stato sparato nello spazio ma sfiorava appena quelle remote regioni interstellari. Forse si era trattato in origine di un sistema doppio, forse dischi di polvere provenivano dalla sola stella gigante e ferro, silicio, calcio e carbonio ormai vagavano ormai in forma di minuscoli granelli solidi.

Ma nulla di più.

Poi correnti, raggi, filamenti che da eoni avevano le loro traiettorie, le loro vie, le loro peculiarità, fremettero improvvisamente.

Giovanni Tritemio

"Potenze demoniache sono citate esplicitamente in connessione con Shabbetay da Ibn 'Ezra e da Shem Toyibn Mayor. Qui il capricorno era di casa e per questo i demoni oggi sono chiamati capri!

Ho scoperto che anche Ashkenazi ne parlava. Come Albucasis."

Dalle memorie del professor Vidagdha.

Anno terrestre 1483 d.C.

Europa centrale: Abbazia di Sponheim

Giovanni Tritemio, abate dell'abbazia, seppur affaticato e affamato, era contento. Era così assurdo tutto quello che era successo e la velocità con cui era successo. Solo l'anno precedente era uno studente ed ora era abate dell'abbazia! Ricordava bene il giorno in cui era entrato li dentro e le circostanze che ve lo avevano portato. Si stava recando all'università, come sempre quando fu sorpreso da una bufera di neve, dalla quale ebbe scampo grazie all'ospitalità dell'abbazia. Per questo si era fermato lì, aveva studiato e aveva fatto studiare i monaci benedettini ivi residenti, grazie a lui impararono il sistema di codifica della scrittura e forse per questo ne divenne abate a soli ventuno anni. Da quel momento non si era fermato un attimo come se la tempesta di neve fosse perennemente alle sue calcagna. Aveva studiato le lingue orientali, l'ebraico, il caldeo e il tartaro e, alcuni cabalisti suoi amici tra cui il famoso occultista Enrico Cornelio Agrippa lo avevano messo in guardia da cose che ancora stentava a comprendere. Quello che Tritemio aveva compreso bene però era stata la necessità di aderire alla Confraternita Celta, società segreta che proteggeva che si occupava di esoterismo.

Guardò fuori dalla torre le montagne innevate, era come se la candida bufera stesse li fuori ad attenderlo, ad attendere un suo errore. Quella grande cengia di roccia nera era sempre lì. Lì lo avevano trovato i monaci dell'abbazia solo un anno prima. Guardò la volta del cielo e anche oggi, come allora era piatta e scura. Sospirò e abbassò lo sguardo sui folii che stava faticosamente vergando. Le sue dita faticosamente intinsero la penna d'oca nel calamaio e riprese a scrivere. Doveva ancora completare il suo manuale di codifica e il fruscio del pennino sul vellum sembrò riecheggiare sulle montagne innevate.

Scosse la testa rammaricandosi di non aver le idee più chiare ma la Luna che sbucò da dietro le montagne in quel momento lo rincuorò e i suoi occhi grigi si illuminarono di speranza. Quelle lande erano inospitali ma almeno lì poteva leggere. Leggere di tutto e in santa pace. Leggere, era la cosa che preferiva, era la cosa di cui non poteva fare a meno oltre che mangiare e dormire. Era più forte di lui. Avrebbe dato qualsiasi cosa per continuare a leggere ed essere il capo assoluto di quell'abbazia aveva i suoi indubbi vantaggi. Tritemio da sempre era affascinato dalla saggezza e dall'erudizione degli antichi e quella, aveva giurato a se stesso e alla confraternita, sarebbe diventata la sua vita. La sua vita passata era ormai lontana e offuscata nella memoria. Vicino invece un piccolo bagliore attirò per un attimo la sua attenzione, ma poi il voluminoso involto di folii che trattavano dell'uso di linguaggi magici per inviare messaggi e dei sistemi di apprendimento accelerato richiamò la sua attenzione. Al momento erano solo appunti, avrebbero dovuto assurgere all'onorificenza di un libro ma al contempo Tritemio aveva già più volte tentato di distruggerli rendendosi conto che le rivelazioni contenute non erano adatte alla sua epoca.

E questa, che cos'è? Domandò ad alta voce, notando sul davanzale della finestra qualcosa che assomigliava a una pietra che la luce della luna aveva messo in evidenza.

Giovanni Tritemio cercò di ricordare come fosse finita lì. Nessuno entrava nella sua stanza di studio e nessuno si sarebbe sognato di mettere una pietra sul davanzale. Si avvicinò e si rese conto che non si trattava di una pietra quanto di un anello. Un anello scuro che però, a differenza di tutto il resto, rifletteva la luce bianca della Luna appena sorta. Tritemio incuriosito mise da parte l'involto di folii e lo afferrò per studiarlo meglio. Il contatto con quel materiale freddo, che non sembrava né pietra né metallo, gli provocò un intenso brivido che dai polpastrelli si propagò lungo il braccio sino al collo, per poi ridiscendere lungo la spina dorsale. Quell'oggetto era un vero e proprio enigma, come era finito lì?

Era un anello senza dubbio, ma non sembrava un anello di quelli da infilare al dito. Non era di metallo e la sua superficie era porosa, liscia e levigata al tempo stesso. L'unica cosa di cui Tritemio era certo era che quell'oggetto fosse antico. Era senza dubbio la cosa più antica che avesse mai visto. Eppure stranamente pareva al tempo stesso giovane, forse anche più di lui. Rigirò in mano quell'anello guardandolo da ogni parte e poi lo avvicinò all'orecchio quasi come se potesse parlare. Si sentì folle a pensare una cosa simile ma socchiuse gli occhi e si concentrò come per ascoltare le improbabili parole di quell'artefatto enigmatico. Svuotò la mente e scacciò i pensieri che, come serpenti aggrovigliati, sciamavano da tutte le parti per confonderlo. Si abbandonò completamente e si apprestò a percepire e non ad ascoltare. Giunse ove la coscienza umana vacilla come la fiamma di una candela, lì dove ogni vociferare della Terra si solleva per poi spegnersi improvvisamente. Poi vide l'anello. Con gli occhi della mente lo vide grande e gigantesco ergersi sulla terra stessa che occultava con la propria ombra. Un monolito ciclopico e alienante al tempo stesso era, nero e lucente, al centro della sua improbabile visione. Una luce invisibile lo colpiva, colpiva le squame adamantine di cui sembrava rivestito riflettendo colori sconosciuti in ogni anfratto del creato contaminandoli e avvolgendoli in un miasma denso eppur invisibile.

Il pianeta degli anelli emanava il flusso. E la luna lo ingrandiva!

Senza di essa, nulla era come era.

Tritemio si accorse che quell'emanazione enigmatica lo aveva già avvolto e gli sfiorava la pelle mentre i suoi occhi erano fissi sul mistero più grande e segreto del cosmo. Si rese conto che il suo essere era pervaso da quell'energia ignota e con esso tutto il mondo che conosceva. Da sempre. Si rese conto che quell'energia era 'viva' e che seppur apparentemente astratta, casuale, refrattaria e avversa a ogni tentativo di comprensione era da sempre lì. Da eoni si manifestava 'guidando' le scelte umane.

Per un attimo pensò che si trattasse solo di un'illusione, una sensazione che seppur fallace, tenebrosa o sfolgorante, era qualcosa che accadeva, qualcosa che si manifestava e distorceva il continuum tra terra e cielo, tra spazio e tempo, e che non c'erano parole di alcuna lingua umana per definirlo. Quell'energia fremeva, friggeva invisibile dando vita a geometrie non euclidee, a forme impossibili vive e mutevoli. Filtrava da un mondo alia, da dimensioni sconosciute, strisciava da abissi di vacuità, emergeva da golfi dello spazio precipitando inatteso in regni di spazio e di tempo. Tritemio ne cercò l'origine e si rese conto che quella cosa pervadeva invisibile ogni anfratto del cosmo propagandosi lentamente ma inesorabilmente dal pianeta con gli anelli fino a riflettersi sulla Luna e da essa piombare sulla Terra. Era inevitabile. Quell'onda immensa che si levava dagli abissi del cosmo si infrangeva sulla vita e la trascinava con sé verso l'infinito e costituendo il reale. Era un'energia distruttiva eppure cangiante, spezzava ordini e usanze, per far posto ad altro. Non era positiva ma neppure negativa, non era buona né malvagia ma mutava la percezione dell'Esistenza a suo piacere e a suo comando per insondabili motivi.

La coscienza di Giovanni si affievolì, si frantumò evaporando dal corpo. Sondando gli abissi del cosmo e della Terra si annichilì fino a diventare pura vibrazione disumana. Poi toccò il fondo. La visione si spezzò. Con un violento sussulto Giovanni Tritemio si destò confuso e smarrito. Si guardò intorno, vide le rassicuranti pareti colme di libri della torre dell'abbazia di Sponheim e fissò lo strano anello che aveva in mano. Si avvicinò alla finestra e lo alzò al cielo facendolo stagliare contro il chiarore della Luna, alla cui luce emersero adesso misteriose gradazioni e sfumature che parevano glifi arcani prima invisibili. Scosse la testa perplesso. È l'anello che è cambiato o è la mia percezione che è aumentata?

Giovanni Tritemio si appoggiò confuso al grande tavolo colmo di alambicchi e manuali. Non sapeva cosa avesse visto, non ricordava la visione anzi più passava il tempo e più questa svaniva dalla sua memoria.

Rimase tutta la notte lassù a guardare quella luna che sembrava così lontana eppure così vicina, quella luna che nella sua visione aveva un ruolo fondamentale. Quando albeggiò raccogliendo le sue cose si accorse che aveva lasciato la stesura degli appunti a metà. Si chiese cosa fosse successo la sera prima per avergli fatto dimenticare una cosa così importante. Mentre scendeva i consunti gradini di pietra per dirigersi verso la sua camera cercò di ricordare ma la sua mente sembrava aver dimenticato ogni cosa e quei barlumi di visione gradino dopo gradino svanivano sempre di più.

Georgius Sabellicus

"Su Gerico domina Shabbetay, il settimo pianeta.

Per questo fecero sette volte il giro delle mura della città e le mura caddero nel giorno di Shabbat: il giorno di Shabbetay... e vi fu distruzione poiché la natura di questo pianeta è di emanare distruzione."

Sefer Toledot Adam

Anno terrestre 1505 d.C.

Germania centrale

Sabellicus prese le candele e gli incensi. Sapeva quanto erano fondamentali, aveva imparato a sue spese che ogni demone aveva una candela colorata propria e un incenso appropriato. Non doveva sbagliare. Sapeva che non bisognava giocare con le forze occulte e che una volta aperto il 'cancello delle tenebre' nessuno sapeva cosa potesse uscirne. Il necromante aveva già allestito un piccolo altare quadrato utilizzando un tavolino su cui aveva deposto un drappo nero. Ora non doveva far altro che mettersi dietro l'altare e rivolgersi verso Nord-Est, per questo aveva indicato la direzione cardinale su un muro il giorno prima. Non poteva permettersi cali di concentrazione, ne andava della sua vita.

Fare un'evocazione non era affatto facile, non tutti erano in grado di accedere a questa arte arcana, anche se in molti sostenevano di poterlo fare. Il problema poi era anche la poca resistenza fisica e la debolezza della mente umana. Sabellicus sapeva bene che quando evocava un qualsiasi demone metteva a rischio la propria salute fisica, perché il rituale consumava l'evocatore nel corpo e nell'anima. Il suo corpo era ormai da anni sottoposto a forze più o meno potenti, a seconda dell'entità che cercava di evocare. La sua anima si era fatta più sottile visto il continuo attacco a cui le energie maligne la sottoponevano da decenni. Energie che avevano tentato di assorbirla e disperderla nell'energie infernali più volte. Molti suoi colleghi, gente che voleva rimanere nell'ombra, erano morti durante i riti. Il loro cuore aveva ceduto, la loro mente si era perduta e la loro anima era stata risucchiata all'inferno. I più in realtà si limitavano a richiamare gli spiriti, cosa molto più semplice che evocare un demone. Sabellicus si apprestava a obbligare uno di questi a presentarsi ed era chiaro che queste potenze non erano felici di essere strappate al loro piano, soprattutto da un essere inferiore come l'uomo.

Sabellicus prese un quadrato di foglio pergamena grande all'incirca come la sua mano, posizionò sull'altare una penna a china nera e rossa e l'incenso adatto per l'evocazione: una miscela polverizzata di mirra, storace, assenzio e muschio in parti uguali. Ora non doveva fare altro che aspettare l'oscurità. Sabellicus sapeva che alla sua volontà si sarebbe opposta quella del demone e quella dell'energia infernale che vede privarsi di un frammento indissolubile della sua vita. Aveva ormai capito che gli avversari erano due perché l'inferno, ovvero l'ambiente, era una vera e propria creatura vivente, il male originale da cui tutto nasce. E ogni volta che un demone abbandona l'inferno ferisce questa creatura, privandola di un po' della sua essenza vitale. Ma Sabellicus aveva trovato il modo di attirare in trappola queste entità con un'esca prelibata. Aveva scoperto che i demoni aspirano a unire l'inferno al mondo terreno, perché così ingrandirebbero l'inferno, rendendolo più forte e al contempo aumenterebbero la loro potenza. Ma oltre all'esca doveva tenere a bada anche quelle forze, da alcuni chiamate angeliche, che contrastano, controllano, imbrigliano i vari tentativi d'espansione dell'inferno. Controllano anche le fughe e le sortite dei demoni più potenti. Evocare una di queste entità infernali provocava scompensi, più o meno grandi a seconda del potere della creatura richiamata. Questi scompensi si riflettono sul mondo terreste, infernale e celestiale. All'atto pratico ogni qualvolta si effettua un rituale d'evocazione demoniaca, si provocano delle conseguenze. Si apre un varco dimensionale più o meno profondo, dipende dalla gerarchia del demone, e questo provoca la corruzione dell'ambiente dove viene eseguito il rituale, corruzione che può essere parziale o totale. Infatti Sabellicus aveva progettato anche il modo di pulire il locale. Sapeva che dopo le evocazioni il luogo si corrompeva per questo voleva essere da solo in quanto se lì dentro si fossero avventurati esseri umani senza protezioni si sarebbero corrotti e trasformati per lo meno in assassini. Ma soprattutto in quel luogo sarebbero state attratte catastrofi, morti improvvise, degrado e aumento della violenza. L'intensità e l'ampiezza di tutto ciò dipendeva dalla gerarchia del demone evocato e lui non sapeva chi avrebbe risposto al suo richiamo. Un'ombra avrebbe corrotto una stanza di media grandezza, mentre demoni superiori potevano ad arrivare a corrompere grandi villaggi. Anche questi effetti però venivano contrastati dalle forze celestiali. Una volta aperto il varco, Sabellicus avrebbe tentato di estirpare l'entità dal suo ambiente. Se fosse riuscito nel suo intento, la creatura si sarebbe materializzata sul suo piano, davanti a sé. Poi avrebbe dovuto domarla, ovvero recitare la parte del rituale che gli avrebbe permesso di comandare l'entità. L'aveva già fatto varie volte con successo. Se non ci fosse riuscito, se avesse fallito, anche una sola volta sarebbe morto e il demone sarebbe stato risucchiato dall'inferno.

Sabellicus depose le quattro candele a terra, in corrispondenza dei quattro punti cardinali e a distanza circa di un passo e mezzo dall'altare. Aveva collocato quest'ultimo al centro della stanza con sopra il braciere, la candela del colore del demone, un pugnale appena forgiato, le penne, il foglio di pergamena, gli incensi e il carboncino. Poi entrò nello spazio delimitato dai quattro ceri. Accese il carboncino e subito dopo le quattro candele bianche cominciando dal nord, poi dal sud, poi quella dell'ovest e infine, per ultima quella a oriente. Sabellicus impugnò il pugnale cercando di captare la sua energia poi si avvicinò alla candela posizionata a nord abbassò su di essa la lama del coltello, e tracciò usando lo strumento affilato un cerchio da nord a ovest e sud a est , tornò a nord e visualizzò la figura circolare intorno a sé crepitante di colore viola. Il mago poi mise un po' di incenso su i carboncini tra i fumi che si stavano producendo e passò sopra il quadrato di pergamena. Prese la penna e la intinse nel calamaio con l'inchiostro nero e da un lato tracciò il sigillo del demone che stava evocando, dall'altro lato le iniziali G.S. impugnò il coltello verso nord e ad alta voce disse:

- Zumorsobet, Nojm, Zavoxo!

Si voltò verso ovest:

- Zioronaifweto, Mugelthor, Izx!

Si girò verso sud e pronunciò:

- Osaii, Wuram, Theofotoson!

Infine, verso est:

- Queai, Abavo, Noquetonaiji!

A quel punto accese la candela sull'altare, appoggiò leggermente la punta del coltello sulla pergamena dove aveva tracciato il sigillo del demone e pronunciò la formula del 'varco della soglia':

- Ezphares, Olyaram, Irlonesytyon, Eryona, Orea, Osarym, Mozim.

Poi Sabellicus si fermò un attimo per vedere se sentiva qualcosa. A questo punto avrebbe dovuto sentire già qualcosa. Ma nulla. Prese un profondo respiro e pronunciò per cinque volte la formula del demone e quando la forza oscura evocata finalmente cominciò a materializzarsi davanti a lui la salutò alzando la mano sinistra tesa nel 'saluto degli antichi' e disse:

- Vo-Ho-Hrr!

La forza oscura tremolava. Sabellicus con un rapido gesto sparse manciate d'incenso sul braciere, il fumo aumentò, ma poco dopo la forma prese più consistenza e si stabilizzò.

Nonostante fosse illuminata da cinque bracieri e da cinque grandi ceri, posizionati in modo da formare una grande e particolare stella, la stanza era oscura. Silenzio. Inquietante silenzio vibrava nell'aria... non un filo di vento, le fiammelle dei ceri svettavano immobili, le braci ardevano silenziosamente.

Una voce interruppe la calma innaturale:

- Nell'esterno cerchio cinque bracieri, affinché del mondo non ti rimanga che lo ieri...

Quelle parole risuonarono più a lungo del normale nella stanza. Sfiorarono a una a una i bracieri come a rendere loro omaggio. Attirarono le fiamme che sinuose e avide leccarono l'aria come a cercare di prenderle... una goccia di sudore si staccò dalla fronte dell'evocatore poco distante. Tremava ma rimase immobile e riprese a cantare:

- Nell'interno cerchio cinque ceri, affinché il potere demoniaco
per metà si avveri...

Una forza sconosciuta fece vibrare i ceri. I loro sfrigolii erano come grida di dolore. Le fiamme cambiarono colore, ogni cero aveva ormai un colore diverso.

- Blu, perché il mare è la patria di ogni cosa ed è l'unico luogo
libero da demoni; verde, perché la natura è madre di ogni cosa,
persino dei demoni da cui deve proteggerci; rosso, come il
sangue e l'odio che scorrono su questa terra, affinché distragga
il demone da quelli veri; bianco e poi nero, perché nella loro
eterna lotta, bene e male distraggano e confondano i servi del
Principe dei Demoni!

Sabellicus chiuse gli occhi, irrigidì le membra e cercò una concentrazione interna che sembrava sfuggirgli. Riprovò senza perdersi d'animo, doveva concludere il canto, doveva chiudere la pratica. Il rischio era alto, molto alto. Non solo la sua vita era a rischio, ma anche quella del suo amore...

- Asmodai! Con la mia magia sto aprendo un varco verso il tuo
piano. Tu non puoi passare. Tu non puoi passare, te lo ripeto!
Tu non puoi passare! Arrenditi alla potenza delle entità più forti
di te che hanno creato questo mondo!

Nel cerchio il vapore si tramutò in nubi grigie dall'aspetto malevolo. La stanza si riempì di ombre sottili e viscide che come serpenti impalpabili correvano lungo i muri, dietri i tavoli, poi il pavimento cominciò a tremare... l'intonaco si staccò, pezzo dopo pezzo, dalle pareti, sotto lo sguardo concentrato di Sabellicus.

Poi un crepitio sinistro annunciò che qualcosa era accaduto.

L'evocatore riportò immediatamente lo sguardo verso il cerchio e con sgomento si accorse che c'era una breccia infuocata. Una sorta di ferita aperta e infetta nell'aria, ributtante di orrori mai visti da cui pseudopodi di energia vorticavano incontrollati contro il perimetro del cerchio di evocazione, i ceri ondeggiavano immoti lottando e sfrigolando per frenare quella terribile avanzata.

Sabellicus si concentrò e lanciò mentalmente sui confini del cerchio la sua energia, intessendo reti protettive, salvifiche e scudi invisibili, assorbì il flusso in eccesso e cercò di gestirlo. La pressione sulle pareti del cerchio si allentò.

Sono stanco, non sento più le dita, le mani, le braccia... ma non posso lasciare andare l'energia devo insistere, devo continuare... tra poco dovrò chiamare il demone, non posso farmi sopraffare, non posso o ...sarà la fine, pensò il mago.

    - Audite! Conjuro servis tuus et vos non auderent intercedant.

    Quia sunt leges plano esto!

Dalla breccia emerse un violento urlo di rabbia, in cui dolore e malvagità si intrecciavano senza soluzione di continuità. Sabellicus fece un ultimo estremo sforzo, strinse i denti, e pronunciò la parola di potere che avrebbe evocato... forse... il demone prescelto.

    - Abhrhezhuh!

Un ruggito innaturale esplose dalla ferita temporale, scosse violentemente l'interno del cerchio, e qualcosa cominciò a prendere finalmente forma definitiva.

La nube si disperse squassata dalle esplosioni e all'interno del cerchio, intrappolato, apparve la sagoma di un essere enorme. Una creatura che lo sguardo cercava di evitare dal muso animale, impreciso e indefinito su cui spiccavano due piccoli occhi caprini. La pelle oleosa e rossastra ricoperta quasi ovunque da una peluria spessa e ruvida. Le spalle costellate di placche ossee e le gambe, fasci muscolari ipertrofici, davano a quel corpo un aspetto d'incubo. Due chele spuntavano dagli avambracci, spaventose e seghettate, simili alle zanne che violentavano bocca e labbra che si aprivano e richiudevano ritmicamente sarcastiche e affamate.

Gli occhi caprini del nuovo venuto scandagliarono attentamente la stanza, mentre la coda e le chele, saggiavano la resistenza del cerchio.

Ottuso.

Gli occhi rossi e crudeli del demone erano fissi in quelli di Sabellicus, che stava riprendendo fiato ostentando sicurezza.

Come osi evocarmi? Come osi pronunciare il mio nome? Come ti azzardi a sottrarmi ai...

- Silenzio, Abhrhezhuh!

L'entità rimase immobile e prese tempo. Non poteva replicare in quanto costretto dalle leggi di quel piano dell'esistenza e dalla magia del cerchio. La sua mente sondò accuratamente ogni minima parte del cerchio, per trovare una falla.

- Tu sei qui solo per rispondere alle mie domande.

Sabellicus si avvicinò di un passo, scrutando l'espressione del demone. Quello ricambiò lo sguardo freddo e indifferente. L'evocatore rabbrividì cercando di non mostrare emozioni.

- Ti ho chiamato perché sei collegato con il piano oscuro dell'esistenza. Sei tutt'uno con esso e puoi darmi le informazioni che mi servono. Voglio vedere la realtà. Voglio vedere il vero volto del mondo in cui vivo. E voglio sapere ciò che realmente sono!

Chi ti ha detto che non è quella in cui vivi, la vera realtà?

- Non devi fare domande! Devi solo rispondcrc!

Sai già come è in realtà il tuo mondo. Sai già dell'influenza nefasta dei pianeti. Sai già del velo di falsità che ricopre tutti i vostri sensi. Che altro vuoi sapere?

- Chi? Chi ci ha fatto questo?

Fai domande come se fossi in grado di comprenderne le risposte...

L'evocatore si avvicinò di un altro passo, era infuriato. Le palme delle sue mani si andavano riempiendo di sfrigolante energia metallica.

- Tu troverai il responsabile. E me lo porterai, qui, quando ti evocherò di nuovo fra due giorni.

Il demone chiuse gli occhi caprini. Fino a quel momento aveva tranquillamente le parole di quell'insignificante essere umano.

Aveva sfruttato l'occasione per testare attentamente tutto il cerchio o quasi, e non aveva trovato falle o errori. Decise di prendere ancora un po' di tempo.

Chi cerchi, mortale? Dev'essere grande il desiderio, per costringerti a un'evocazione simile... tu che sei nient'altro che una parodia di mago.

Sabellicus indurì inconsapevolmente la mascella, mentre faceva appello alle energie che gli avrebbero consentito il prossimo passo. Rabbrividì cercando di tenerele a bada nel suo essere . la linea della bocca leggermente inclinata.

Perché è questo che sei, vero, finto-mago? Una parodia... per quale motivo hai imbastito questo teatrino? Quale persona, - domandò sinuoso il demone inarcando sarcasticamente la bocca irta di zanne, in una sorta di sorriso sprezzante e crudele. - Quale persona è tanto importante da farti avvicinare alla morte e alla dannazione eterna, fino a un faccia a faccia con esse?

Una risata agghiacciante fuoriuscì dalle fauci di Abhrhezhuh, che finì di testare il cerchio... senza trovarne falle. La risata finì d'improvviso, lasciando nello sguardo del demone ondate di odio puro.

Lussuria! Questo ti guida, sciocco mortale... secondo le leggi che tu hai invocato, gli stessi dei che hai interpellato, questo motivo basterebbe a far fallire il tuo cerchio!

Il cerchio vibrò tremendamente, i ceri cominciarono a sfrigolare e le fiamme si fecero tremolanti...

Il demone, sogghignò maleficamente e mormorò alcune parole:

*La Luna immobile ricama sulla tela notturna
il ritratto di falsità terrene.
Ombre evanescenti sorgono sulla superficie dal grande signore degli anelli.
Corpo su corpo,
cerchio su cerchio,
anello su anello,*

come serpenti avvinghiati al fallo del demonio,
lingue ardenti che percorrono distanze impensabili,
fremono poi sulla Terra.
Flebili sospiri di un inganno,
come il canto di angeli rinnegati,
Tutto svanisce, come fumo spazzato da un soffio di gelido vento,
e restano solo due potenze,
preda di un delirio oscuro...eccitante.

Il cerchio vibrò, sempre più forte, un suono incessante e basso riempì l'aria, mentre ondate di energia oscura si gettarono sui ceri. Le labbra dell'evocatore si mossero urlando in maniera selvaggia e fremente:

- Immondo Essere! Tornerai ove piove fuoco su valli di metallo fuso, dove vortici di anime spazzano via le urla dannate!

Sabellicus riusciva a stento a tener a bada i tremiti che scuotevano il suo corpo. Un grido di rabbia e frustrazione eruppe dal cerchio e dalla fenditura purulenta sospesa a mezz'aria, dalla quale erano vomitati fuori orrori infernali... piaghe azzurre e gialle, infette e piene di pus, comparvero sul corpo del demone che furioso agitava le chele alla cieca, era come impazzito dal dolore.

- Demone! Abhrhezhuh! Dimmi il tuo vero nome!

Aaaaarghhh! Maledetto! Maledetto! Perirai infinite volte,
soffocato dal tuo stesso dolore! Lurido mortale, morir...

- Non osare resistermi! Hai l'obbligo di rivelare il tuo nome!

Sabellicus lanciò un potente fascio di energia sul demone già indebolito, aumentando la forza della parola di potere.

Muaaaarrrrrghhhh! Aar-arhn!

- Aar-arhn! Io ti convocherò dieci, cento, mille volte e vedrai sempre questa stanza e nient'altro e ti farò soffrire in tutti i modi possibili, finché non mi porterai le notizie che ti ho chiesto!

Sabellicus prese la pergamena e la bruciò al centro dell'altare.

- Io ti ringrazio Aar-Arhn.

Poi disse tre parole per chiudere il varco:

- Caldulech! Dalmaley! Kadat!

Rrrhhh... mortale... rrrhhh...hai vinto! Ma Aar-arhn non dimentica!

Con un grido di rabbia, Sabellicus coagulò tutta l'energia rimastagli in un unico, devastante raggio di luce, che attraversò il cerchio e colpì il demone in pieno petto, scaraventandolo nelle profondità del piano oscuro da cui lo aveva strappato.

Tutto tacque. La breccia si stava chiudendo, l'evocatore era riuscito nel suo scopo.

Fu allora che il lampo cobalto inondò la stanza. Una luce irreale baluginò sugli scaffali colmi di alambicchi e sui calamai mentre perfino le incisioni in oro sulle copertine di legno di dei libri di magia presero vita. Sabellicus non vi fece caso preso com'era a controllare l'esito del suo esperimento. Gli ci erano voluti sette anni di studio e sette settimane di preparazione ma infine era riuscito a evocare un demone maggiore dagli abissi dell'Inferno, per sottometterlo al proprio volere. Ma qualcosa non era andata per il verso giusto. Non se ne era accorto ma la sua voce aveva tentennato. Aveva avuto un'incertezza durante la recita dell'incantesimo, un paio di sillabe erano state pronunciate con un'inflessione leggermente diversa e con la mente chiusa. Sabellicus da anni sapeva quali erano i rischi insiti nei riti evocatori. Sapeva bene che la fonetica era fondamentale così come il giusto atteggiamento mentale, ma in quel momento, forse la tensione o la stanchezza lo avevano fatto tentennare. E con quel lampo di luce cobalto, con quello sbuffo diamantino nel suo laboratorio si era materializzato ciò che non doveva. Un entità di una potenza superiore a quanto aveva previsto aveva trovato la strada da lui lasciata inopportunamente aperta e ora era lì davanti a lui, pronto ad ucciderlo. Il demone individuò Sabellicus e lo fronteggiò ergendosi in tutta la sua imponenza. Sabellicus osservò quell'abominio che, accortosi dell'errore, aveva cercato di scacciare. Era cambiato leggermente, era meno definito e sembrava più un ammasso purulento di carne. Era largo oltre dodici braccia, rivestito di una sostanza cremisi gocciolante la testa deforme era irta di creste ossee oscenamente bianche. Le fauci, irte di zanne, aperte in un ghigno malefico su quel muso irsuto. Due pozzi arancioni intrisi di odio e antichità osservarono stupiti e malvagi chi lo aveva evocato.

Chi sei tu? Sembri solo un misero e insignificante bipede.

- Ti ho bandito, - Intimò Sabellicus. - Torna da dove sei venuto!

Non sai neppure come evocare chi desideri e pensi di potermi bandire?

Negli occhi di Sabellicus un lampo di terrore. Dentro di sé sapeva che non gli restava molto da vivere. Da lì non c'era via d'uscita. La lingua del demone saettò lunga e oscena e come un tentacolo dotato di vita propria lecco Sabellicus sul collo. La sua lunga lingua rasposa ritornò rapida nell'inferno di quelle fauci portandosi via un lembo di pelle. Il sangue cominciò a fuoriuscire dalla carne, la vena principale era esposta, fragile, pulsante ma ancora integra.

Uhm... un buon sapore.

Sabellicus sentì il terrore prendere vita nella sua mente.

Chissà se anche le tue ossa hanno lo stesso sapore. Chissà se la tua mente sarà più gustosa...

Il mago cercò di reagire lanciando alcuni incantesimi offensivi, che però ebbero l'unico effetto di far incattivire ancora di più il demone facendogli aumentare la stretta sul collo.

Gli artigli dell'altra mano si abbatterono improvvisi sul suo corpo. Divelsero il suo braccio destro come fosse una spiga. Il moncone sanguinolento ancora attaccato al corpo, ondeggiava senza controllo, spargendo il prezioso liquido sul pavimento.

Sabellicus lanciò un incantesimo che bloccò la fuoriuscita di sangue. Osservò con disgusto e terrore il pezzo del suo braccio staccato finire nelle fauci del mostro.

Gli artigli demoniaci si abbatterono ancora su di lui e in un attimo una gamba fu strappata dal bacino. Sabellicus cadde a terra. Sentì la vita che scivolava via dal suo corpo poco a poco. Farfugliò una nenia per bloccare anche questa volta la fuoriuscita del sangue. Poi la lunga lingua demoniaca gli si attorcigliò attorno al collo e dopo averlo immobilizzato pian piano, con un movimento a spirale gli strappò via prima il cuoio capelluto e poi la parte superiore del cranio, lasciando scoperta la parte superiore del cervello.

Sabellicus svenne.

Ormai indisturbato il demone immerse la sua lingua nel cervello esposto. E fremette di piacere. Quando ebbe finito lasciò cadere a terra il corpo senza vita della sua vittima. La forza del demone maggiore era tale che riuscì a non cedere immediatamente al risucchio che il suo piano di provenienza stava esercitando sulla sua essenza sin da quando Sabellicus era morto. Scomparve così come era venuto solo dopo aver assunto tutto il sangue e la materia grigia del suo evocatore.

Giordano Bruno

"Saturno, figlio di Celio è un principio ordinale. Il suo strumento è la falce e mentre avanza incide e segna con essa le cose per indicare il principio occasionale. La lama della falce si risolve in una sfera..."

Giordano Bruno

Anno Terrestre 1600 d.C.

Italia, Roma

- Non ho mai rinnegato i fondamenti della mia filosofia. Anche durante il processo ho ribadito l'infinità dell'universo, la molteplicità dei mondi, la non generazione delle sostanze. Ho detto più volte davanti alla stupita inquisizione che queste non potevano essere altro che quel che sono state, né saranno altro che quel che sono, né alla loro grandezza o sostanza s'aggiungeva mai qualcosa o ne avrebbe mai mancato qualcosa. Ho detto loro che si trattava solo di separatione, congiuntione, compositione, divisione, translatione da questo luogo a quell'altro. Anche per questo mi hanno condannato.
- A morte?
- Ho calcato la mano davanti a quegli inetti per cercare di salvare le loro anime, - ribatté Bruno. - Ho svelato loro il moto della Terra. Ho cercato di spiegare loro che il modo e la causa del moto della terra e della immobilità del firmamento sono da me prodotte, con le sue raggioni et autorità e non pregiudicano all'autorità della divina scrittura. E quando l'inquisitore ha obiettato e mi ha contestato che nella Bibbia è scritto che la 'Terra stat in Aeternum' e il sole nasce e tramonta, ho risposto che noi vediamo il sole 'nascere e tramontare, perché la terra se gira circa il proprio centro'. Ma si sono infuriati, poveri stolti ciechi. Mi hanno detto che la mia posizione contrasta con 'l'autorità dei Santi Padri', ho dovuto dir loro letteralmente che quelli sono meno de' filosofi prattichi e meno attenti alle cose della natura.
- Perché lo hai fatto?
- Perché dovevo vedere se potevo svegliarli!
- Perché?
- Perché se fossi riuscito a svegliare loro, se fossi riuscito a far aprire le loro menti alla realtà dell'universo, in breve sarei riuscito a rendere l'uomo libero! Ho provato dicendo che la terra è dotata di un'anima, che le stelle hanno natura angelica,

che l'anima non è forma del corpo; come unica concessione. Ma non mi sono stati a sentire e mi hanno chiesto di abiurare a otto proposizioni eretiche.

- Quali?

- La mia negazione della creazione divina, dell'immortalità dell'anima, della sua concezione dell'infinità dell'universo e del movimento della Terra, dotata anche di anima, e di concepire gli astri come angeli.

- Che cosa hai fatto?

- Per salvarli ero disposto a tutto. Avrei abiurato se mi avessero seguito. Se mi avessero permesso di far vedere loro la realtà. Che è diversa da quella che percepiamo.

- Adesso, cosa accadrà?

- Oggi, dinnanzi ai cardinali inquisitori mi hanno costretto ad ascoltare inginocchiato la sentenza di condanna a morte, per rogo.

- Sono affranto e spaventato, maestro.

- Non devi. Appena l'hanno letto mi sono alzato e ho detto a quei giudici ciechi e stolti che tremavano più loro nel pronunciare questa sentenza, che io nell'ascoltarla.

- Quando, quando accadrà?

- Tra pochi giorni. Ho già rifiutato i conforti religiosi e il crocefisso...

- Perché?

- Ecco che a te mi rivolgo, vecchio Saturno. Rivolgo la preghiera alla tua potenza, ai tuoi asini, i tuoi cammelli, i cervi, le talpe, i basilischi le scimmie, le iene, le locuste, i cuccoli, e tutti quelli che appartengono al terrestre a te, sacro Dio dalla Falce Potente, antico, maturo, lento, tardo, venerabile, sapiente, giudizioso, profondo, penetrante, investigatore, scrutatore, riflessivo, contemplatore. Dominatore dell'età, coltivatore dei campi, ministro dell'eternità che scorre, misuratore degli spazi del tempo percorsi, divinità eguagliante l'impercorribile eternità. Padre del Padre degli Dei, tu che sotto il tempo vorace porti e rimuovi tutte le cose, tessi la trama di quanto viene a nascere, custodisci quanto esiste e assumi in te quanto perisce.

Tu che tante volte mi hai concesso il carro tratto dai draghi. Tu generasti perché fossero Dei Giove nell'igneo ed etereo cielo, Giunone nell'Aria, Nettuno nel mare e Plutone negli Inferi. Vieni ad assistermi, Padre dell'età aurea. Vieni ad assistermi Dio Leucadio, Cretese, Italo, Laziale, Aventino...

- Di cosa parla, maestro?

- Non lo intendi?

- No. Purtroppo.

- Sono righe sapienziali il cui significato è molto profondo. È ermetico. Secondo te chi è la divinità? Chi è Saturno?

- Non lo so...

- Io sono come un Mercurio inviato dagli Dei e, come tutti i Mercuri, verrò messo a morte dai poteri schematizzati e schamatizzanti, perché attraverso lo schema è facile manipolar le menti e renderle sempre più dormienti.

- È difficile seguirvi, Maestro.

- Immagino. Ma non c'è altra via per scardinare i tuoi paraocchi.

- Mi dica qualcosa in più. Mi aiuti a vedere dove non riesco a vedere...

- Saturno è la divinità dell'ombra, della malinconia, della lentezza, della pesantezza; contrasta con Giove che è il vittorioso dio della luce, è affine con Marte, dio della violenza. Saturno è quella parte di noi che sta nascosta perché è ritenuta 'cattiva'... rappresenta i nostri istinti primordiali che la ragione ha sottomesso, ma che riaffiorano al calare delle tenebre... rappresenta la materia 'non rigenerata' dalla luce, il nostro inconscio profondo ed è qui che il nostro inconscio profondo sa bene chi è Saturno. Siamo noi, la nostra mente e la nostra razionalità, che l'abbiamo dimenticato!

Franz Anton Mesmer

"A livello cabalistico il pianeta è posizionato a un livello elevato. Estremamente elevato. In un piano che sovraintende alla profezia. Ora so che vi sopraintende con tanta maestria perché è esso stesso che crea la realtà e indi la profezia.

La concentrazione e la contemplazione mentale sono le sue virtù.

Oggi so finalmente il perché."

Dalle memorie del professor Vidagdha.

Anno terrestre 1758 d.C.

Austria

- Franz Anton, non è possibile!
- Perché no? In fondo gli antichi, persino i classici, vi facevano affidamento!
- Gli antichi? I primitivi vuoi dire! Siamo nel XVIII secolo!
- Ha una base razionale il sistema dei fluidi, i suoi fatti sorprendenti sono quasi universalmente ammessi!
- No! Devi ragionare. Sai bene che io non sono uno scettico incallito! Ma è una perdita di tempo cercare di dimostrare oggi che un uomo possa, con la propria volontà, influenzarne un altro così tanto da ridurlo in malattia o in fin di vita.
- Ma questa influenza esiste! Ed è profonda! Devi sapere inoltre che più si esercita questo potere contro qualcuno più questo qualcuno ne viene influenzato. Conta la frequenza! E persino i fenomeni che si provocano divengono con la frequenza sempre più estesi e più intensi!
- Balle!
- Eppure sei al corrente che ho salvato il signor Turnosa dalla tisi e che le mie manipolazioni hanno attenuato gli effetti più devastanti della malattia! - Ribatté Mesmer.
- Eppure nella notte di venerdì tredici siete stato chiamato al suo capezzale!
- Già. Perché aveva un forte dolore al cuore e respirava a fatica, aveva anche tutti i caratteristici sintomi dell'asma!
- Cosa hai fatto, Franz Anton?
- Ci crederesti? Quando l'ho visto la prima domanda che mi ha fatto non riguardava la malattia ma i turbamenti psichici. Era scettico riguardo l'immortalità dell'anima.
- Come molti, del resto.
- Non ci si può convincere con lo studio della propria immortalità. A poco servono gli strumenti razionali, non sono gli strumenti adatti. Solo l'esaltazione mesmerica permette di percepire la verità assoluta. Per questo ne sono certo. Anche se

emergendo dai fenomeni mesmerici, questa verità assoluta non dura molto e a dir la verità, razionalmente, non riesco ad accettarla!

- Allora ho ragione io! Non esiste! - Lo provocò l'altro.

- No! Esiste. Il sonno mesmerico porta seco ragionamenti e conclusioni. Insieme naturalmente.

- E quindi?

- Quindi per comprendere la verità. Per sollevare il velo credo si possano ottenere buoni risultati con una serie di domande ben mirate da rivolgermi durante il sonno mesmerico.

- Sono disposto anche a questo per provarvi che sbagliate...

- Bene allora, facciamolo subito, - disse Mesmer. - Non perdiamo tempo.

***

- È addormentato?

- *Sì...* - rispose il paziente. - *No, veramente vorrei dormire più profondamente.*

Franz Anton fece nuove manipolazioni.

- Dorme ora?

- *Sì.*

- Come crede si risolverà la sua attuale malattia?

- *Penso che morirò.*

- La spaventa l'idea della morte?

- *No.*

- Le piace?

- *No. Lo stato mesmerico è così vicino alla morte da bastarmi.*

- Può spiegarsi meglio?

- *Vorrei farlo, ma non ne ho la capacità. Lei non mi fa le domande giuste.*

- Cosa le debbo chiedere?

- *Deve cominciare dal principio.*

- Ma qual è il principio?

- *Il principio è Dio,* - sussurrò il paziente.

- Bene, allora che cos'è Dio?

148

- Non sono in grado di dirlo.

- Dio non è puro spirito?

- Quando ero sveglio sapevo cosa intende per 'spirito', ma ora mi sembra una parola vuota...

- Dio non è immateriale?

- Non esiste l'immaterialità; anche questa è soltanto una parola.

- Allora Dio è materiale?

- No.

- Allora mi dica cosa è.

- Non è facile. Non è spirito, perché esiste. Non è materia, nel senso che intendete. Esistono però stadi della materia ignoti all'uomo. Sapete, il più denso spinge il più sottile e quest'ultimo a sua volta permea il più denso. Sono così, uno dopo l'altro, sempre più rarefatti e assottigliati, finché arriviamo a una materia non articolata, indivisibile, unica. Ecco: questa a è Dio.

- Si spieghi meglio...

- C'è confusione, ha ragione. La materia non articolata, o Dio, in stato di quiete è quello che gli uomini chiamano mente.

- Può darmi un'idea più precisa di questa materia-Dio?

- Le materie di cui l'uomo ha conoscenza sfuggono alla sua percezione sensoriale.

- Senta, ma identificare la pura materia con Dio, non è blasfemo?

- E perché mai?

- Perché sta dicendo che Dio è materia.

- Ma non materiale nel senso che crede lei. Il pensiero forma la materia. Il pensiero universale della mente universale. Il pensiero creatore. Tutte le cose create sono pensieri di Dio.

- In generale, giusto?

- Sì. La mente universale è Dio. Per creare nuove individualità è necessaria la materia.

- Mah, sono molto confuso...

- Lo immagino. Almeno ha capito che per creare nuove individualità è necessaria nuova materia?

- Sì.

- *La mente incorporea è Dio. E Dio per creare individualità, ha bisogno di incarnare parti della sua mente divina. Ecco come viene individualizzato l'uomo! Tolga all'uomo la gabbia corporea, o la sua veste, la chiami come vuole... ed esso ritorna a essere Dio.*

- Dice che, spogliato del corpo, l'uomo sarà in futuro Dio?

- *Non ho detto questo...*

- Lei però ha detto che 'spogliato della sua veste corporea l'uomo è Dio.'

- *Sì. L'uomo senza la gabbia che lo rinchiude sarebbe Dio... ma sarebbe non individualizzato. Ma non può essere spogliato... per lo meno non lo sarà mai neppure con la morte.... l'uomo è una creatura vivente. Le creature viventi sono i pensieri di Dio.*

- Non capisco. Quindi l'uomo non sarà mai posto fuori dal suo corpo?

- *Non sarà mai senza corpo.*

- Mi spieghi meglio, - lo incitò Mesmer.

- *Vi sono due corpi... il rudimentale e il completo, che corrispondono alle due condizioni del bruco e dalla farfalla. Quella che noi chiamiamo 'morte' è soltanto una dolorosa metamorfosi. La nostra presente incarnazione è preparatoria e temporanea. Quella futura è perfetta, definitiva, immortale. La vita ultima è il fine supremo.*

- Ma della metamorfosi del bruco abbiamo una conoscenza tangibile.

- *Noi sì, certamente, ma il bruco la ha? I nostri organi sono adatti alla materia di cui è formato il nostro corpo rudimentale, così come quelli del bruco fintanto che è bruco. Ma entrambi abbiamo organi che non sono adatti al corpo finale.*

- Ah. Quale sarebbe, dunque, questo corpo?

- *I nostri rudimentali sensi non riescono a percepire il corpo finale, noi vediamo solo un guscio che cade e che si decompone.*

- Bene, torniamo a noi. Perché lo stato mesmerico somiglia alla morte?

- *Non è esatto. Assomiglia alla vita definitiva che c'è oltre la morte. Quando si è in trance i sensi della vita rudimentale sono assenti e si percepiscono le cose direttamente, senza organi.*

- La vita definitiva è priva di organi?

- *Sì, avete mai considerato che gli organi sono strumenti con i quali si possono avere relazioni sensoriali con particolari classi e forme della materia, ma che essi escludono o censurano altre classi e forme?*

- No. Non la vedevo in questo modo.

- *Gli organi dell'uomo sono rudimentali e adeguati alla sua condizione rudimentale. Nella condizione finale l'uomo a-organico comprende tutto tramite la natura della volontà di Dio.*

- Eppure sono ancora un po' confuso...

- *Gli organi, per noi esseri rudimentali, sono gabbie che ci imprigionano fin quando non avremo messo le ali.*

- Esseri rudimentali, - cominciò Mesmer. - Esistono forse altri esseri rudimentali pensanti oltre l'uomo?

- *Gli innumerevoli ammassi di materia rarefatta delle nebulose, dei pianeti, dei soli e di altri diversi corpi celesti, che non sono né nebulose, né soli, né pianeti, hanno l'unico scopo di fornire nutrimento agli organi incompleti di una infinità di esseri rudimentali. Tutto questo non avrebbe giustificazione se non alimentare gli esseri rudimentali prima della vita finale.*

- Non capisco...

- *In ognuno di questi pianeti, dimoravano forme diverse di creature organiche rudimentali, pensanti. Alla loro morte o metamorfosi questi esseri godono della definitiva l'immortalità arrivando a conoscere tutti i segreti. Popolano non le stelle, ma anche lo spazio stesso...*

- C'è ancora una cosa che non comprendo, - domandò Franz Anton Mesmer. - Chi è che ci alimenta? E come mai non ce ne accorgiamo?

- *Ha presente le maree? Bene. Sappiamo che è la Luna a spostare l'acqua sulla terra. E se sposta il mare sposta tutti i liquidi, compresi quelli amniotici, quelli fetali. Ha spostato quelli in cui abbiamo galleggiato tutti quando eravamo nel ventre materno... ma la Luna è piccola, come fa a spostare tutto questo? Come può influenzarci così tanto?*

- Non ne ho idea...

- *Agisce sulla nostra realtà come un microscopio.*

- Cioè?

- *È una specie di ingranditore,* - ribatté l'altro. - *Ingrandisce il segnale che ci modifica. Il segnale che cambia e dirige le nostre vite. Ecco cosa è la Luna! Ecco perché è importante! Fondamentale direi!*

- E da dove viene questo segnale?

- *Non lo ho ancora scoperto...*

- Lo scopra allora.

- *Mi mesmerizzi ancora! Ancora! Ancora! Più profondamente!*

Spazio

Laggiù dove nessuna radiazione solare era in grado di arrivare, laggiù dove giungevano appena le reazioni termonucleari di fusione dei nuclei solari distanti eoni, dove si avvertiva a stento la pallida eco delle radiazioni elettromagnetiche su frequenze e lunghezze d'onda impercettibili e debolissime, regnava incontrastato il buio e il freddo. Nulla esisteva in grado di produrre luce, solo qualche atomo neutro e qualche buco nero.

Onde lunghe, infinite, spiraleggianti composte da materiali infinitamente piccoli lambivano le profondità di quell'abisso spaziale. Si rifrangevano sui pianeti, accarezzavano i satelliti naturali e si strusciavano sulle orbite ellittiche con fare sinuoso e avvolgente. Il tutto nell'oscurità più profonda, al segreto da sguardi indiscreti, nel gelido mare dello spazio interstellare, assoluto e remoto. Lontanissimo una stella era collassata e l'elio si era fuso.

Da migliaia di anni quella era l'unica cosa che disturbava il nulla. Una quantità di polvere spaziale incalcolabile della gigante rossa era stata sparata nello spazio, ma sfiorava appena quelle remote regioni interstellari. Forse si era trattato in origine di un sistema doppio, forse dischi di polvere provenivano dalla sola stella gigante e ferro, silicio, calcio e carbonio ormai vagavano in forma di minuscoli granelli solidi.

Ma nulla di più.

Poi correnti, raggi, filamenti che da eoni avevano le loro traiettorie, le loro vie, le loro peculiarità fremettero improvvisamente. Qualcosa le aveva disturbate: non uno sguardo, ma forse un pensiero. Qualcosa d'immateriale, eppure di terribilmente potente, le aveva sfiorate.

Nikola Tesla

"*Freddo e asciutto ed è distruzione e sterilità, morte e pestilenza e cose che corrompono le facoltà di giudizio... se vuoi usarlo tramite la via demoniaca, fai attenzione e sorveglia molto la tua anima, in caso contrario...*"

Yosfef Ibn Tzayyachaq.

Anno terrestre 1906 d.C.

U.S.A.

- Intervistare Nikola Tesla, che privilegio assoluto per me!

- Grazie, - rispose l'ingegnere sorridendo.

- Lei è un brillante scienziato, a mio avviso il pensatore più importante del mondo nel suo campo e sembra fin troppo modesto.

- È imbarazzante per me, che il mio lavoro abbia attirato molto l'attenzione del pubblico: non solo perché credo che un uomo serio, che ami la scienza più di ogni altra cosa, dovrebbe lasciare che sia il suo stesso lavoro a parlare per lui, - rispose Tesla, sorridendo. - Ma anche perché temo che alcuni degli scienziati alla cui amicizia tengo molto, sospettino che io cerchi di favorire la mia notorietà tramite i giornali.

- Lei trascorre le sue giornate al quarto piano di un'officina meccanica al 33 della South Fifth Avenue. Il suo nome non appare da nessuna parte dell'edificio e non c'è nulla riguardo al posto che indichi che si tratta di uno dei centri mondiali d'interesse per il settore elettrico. Qui ho notato che tutto il piano è occupato dal laboratorio, tranne un angoletto dove è stato ricavato un ufficio semplice con una modesta scrivania. Non proprio una suite presidenziale... inoltre ho visto uno scaffale in gran parte dedicato alla "Gazzetta Ufficiale dell'ufficio brevetti" e una piccola lavagna consunta appesa al muro con due chiodi, che mi sembra abbia bisogno di esser sostituita. Il nero della lavagna traspare appena, il resto è coperto da figure e simboli.

Tesla sorrise, senza dire nulla, così l'intervistatore proseguì:

- Questo laboratorio è difficile da comprendere per i non iniziati: è pieno di macchine e apparecchi elettrici misteriosi. Dove sono le meraviglie che fanno del laboratorio di Edison un'attrazione per turisti?

- Non è il mio campo quello. Io sono uno scienziato.

- Signor Tesla, quanti dipendenti ha?

- Mezza dozzina. Uomini esperti e di fiducia. E devo dirle che non è facile entrare qui, come da Edison.

- Ho notato che lei non ama parlare di se stesso e, quando il discorso verte su di lei, si assicura di abbandonare l'argomento il più rapidamente possibile.

- Forse...

- Dove vive?

- Al Gerlach, sulla Ventisettesima Strada Ovest. Trentatreesimo piano. Ma ci sto poco: il mio tempo lo trascorro qui e al ristorante Delmonico a colazione e a cena.

- Per chi non avesse mai visto il Signor Tesla, posso dire che è alto e snello, con lineamenti fini e gentili, la fronte alta e un certo bagliore negli occhi che denota ciò che potrebbe essere chiamato spiritualità. È un idealista. Sono certo che le fanciulle sensibili s'innamorerebbero di lui a prima vista; purtroppo per loro, ma anche per lui, aggiungo io, non ha tempo di pensare alle fanciulle sensibili. Egli lavora giorno e notte e vi assicuro che dopo aver parlato con lui, anche per pochi minuti, ho la netta impressione che la scienza sia la sua unica amante e che questo uomo si preoccupi di più per lei che per i soldi o la fama. È vero, ingegner Tesla?

- Quando non posso lavorare alle problematiche che si presentano: non riesco a fare a meno di cercare di risolverle, trascorro così tante ore al mio laboratorio che i miei amici si preoccupano e minacciano di chiudermelo e di nascondere la chiave. Ma se cercassero di farlo davvero... dovrei spargli. Non ho dubbi in merito. Non fa alcuna differenza per la salute di un uomo quanto tempo lavora, fintanto che ama il suo lavoro, perché la sua dedizione è come l'olio nella lampada che mantiene lo stoppino acceso senza che lo stoppino si consumi. Quando l'olio è finito, allora lo stoppino si consuma velocemente. Se in qualsiasi momento perdessi il mio ardore ed entusiasmo, sicuramente finirei a pezzi!

- Lei un tempo era un giornalista, vero?

- Questo è ciò che sarebbe successo se avessi continuato a fare il giornalista. Sapeva che eravamo colleghi? Il problema era che scrivevo con troppa cura e, come sembra a me, anche con eccessiva ponderazione. Quando scrivevo un articolo di cui ero particolarmente orgoglioso, i miei amici mi dicevano: 'Tesla, questo è un capolavoro!' Ma l'editore mi diceva sempre: 'Perché non scrivi qualcosa di più vivace? Neanche una mezza dozzina di persone leggerà quella roba'. No, il giornalismo è il lavoro più duro al mondo per un uomo che vuole davvero riflettere. Non faceva per me, sono sicuro che sarei finito come lo stoppino senza olio. Come succede anche ora, a volte mi consumo, ma è un grande conforto essere il proprio padrone e sapere che non c'è nulla che possa impedire di fermare tutti i lavori in qualsiasi momento e di partire per l'Europa, o altrove, per riposare per tutto il tempo che si desidera.

- Bene. Lieto che la sua mente non si sia sprecata dietro caporedattori e direttori di giornale!

- Sa, ho notato che la mia mente sembra funzionare in due metà, ciascuna indipendentemente dall'altra, in modo che quando parlo, o anche quando dormo, solo metà della mia mente sembra essere impegnata in questa attività, l'altra metà va avanti costantemente a lavorare. I miei amici dicono che tutto questo mi ucciderà, ma secondo me sono solo sciocchezze. Una volta ero un atleta e recuperavo molto rapidamente. Mi guardi...

Così dicendo, Tesla alzò le mani, come se fossero indicatori attendibili della sua condizione fisica: lunghe, sottili e nervose; era chiaro che il loro possessore fosse un uomo la cui enorme energia, anche se sotto un buon controllo, era suscettibile di consumarlo se mantenuta a tale alta pressione troppo a lungo.

- Signor Tesla, lei ha solo 57 anni e sembra ancora più giovane. È nato in una città chiamata Smiljan in Serbia, sul confine austro-ungarico; viene da una famiglia antica, colta e molto rispettata: suo padre era un eloquente predicatore della Chiesa Greca e sua madre era una donna di notevole ingegno.

- Sì, - rispose l'ingegnere sorridendo. - La prossima sarà una società di Api-regine...

- Già... ehm... suo padre avrebbe voluto che entrasse a far parte della Chiesa, ma non riuscivano a tenerla lontano da esperimenti di magnetismo ed elettricità, ai quali era profondamente interessato, - il giornalista fece una pausa per riprendere fiato. - Inoltre, prima ancora di compiere i 25 anni, aveva già inventato congegni che migliorarono il telefono. Ottenne un lavoro a Parigi come ingegnere elettrico e poi venne in America agli inizi del 1880, non perché avesse in mente un impiego preciso, ma perché era convinto che gli Stati Uniti fossero il miglior Paese al mondo per un inventore: perché le idee nuove erano apprezzate molto di più e molto più rapidamente dagli statunitensi... un po' come successe al signor Marconi quando dovette chiedere sovvenzioni per l'invenzione della radio.

- Ha ragione, quasi su tutto. Solo che devo correggerla: la radio l'ho inventata io e non Marconi. Lo attestano vari brevetti americani, sebbene ciò sia sconosciuto all'opinione pubblica.

- Mi dispiace.

- Anche a me, ma non per la fama. Per una questione di giustizia.

- Quando è arrivato qui, andò a lavorare per Mr. Edison, per il quale ha avuto e ha ancora la più forte ammirazione. Poi, però, lo ha abbandonato per far parte di una società organizzata, per vendere alcune delle sue invenzioni nel campo dell'illuminazione ad arco.

- Sì. Tutto giusto. Anche se non ammiro l'uomo Edison.

Il giornalista si grattò la testa perplesso. Alcune delle risposte di quell'uomo erano criptiche e complicate, ma non osava chiedere spiegazioni ulteriori. Così riprese a far domande:

- Gran parte del tempo libero lo ha dedicato a esperimenti con ciò che è noto come il campo di rotazione, con l'impiego della corrente alternata.

- Sì.

- È diventato subito famoso: le sue teorie, dimostrate dai suoi rimarchevoli esperimenti, sono state subito prese d'assalto da pool di brillanti scienziati. Ricordo che davanti a un pubblico di circa 5000 persone, fece attraversare il suo corpo da una corrente di 200.000 volt, provocando la fuoriuscita di torrenti di luce dalle punte delle dita, quando la centesima parte di una normale corrente di quel voltaggio avrebbe ucciso all'istante qualsiasi uomo. Ha dimostrato così a tutti che la quantità di energia elettrica che può attraversare il corpo umano dipende dall'intensità e dalla frequenza della corrente e che maggiore è la frequenza e minore è il danno che fa al corpo.

- Esatto. Eccellente!

- Ma pare che lei abbia compreso un'altra cosa importantissima che rivoluzionerà il mondo. Ce la illustra signor Tesla?

- Un giorno l'elettricità verrà raccolta da ognuno di noi e utilizzata per la luce, il calore e la forza motrice. Potremo ricavare tutta la corrente che vogliamo direttamente dalla Terra, ovunque e senza spese.

- Come?

- Per dirla in modo grossolano: tutto quello che si dovrebbe fare sarebbe far vibrare il campo elettrico della Terra e regolare una macchina alla frequenza di queste vibrazioni, ovunque la corrente sia richiesta... e il gioco è fatto. Insomma: la Terra è una specie di sacchetto di gomma, scuotilo in un punto e sentirai le vibrazioni in un altro. Tu e io non possiamo sentire le vibrazioni elettriche, ma ho in mente una macchina che le avvertirà. Ho la migliore delle ragioni, per prevedere che i messaggi saranno trasmessi in futuro attraverso la Terra in questo modo: senza fili, come un impulso attraverso un essere umano. È incredibile che non sia mai stato fatto prima.

- Sì, incredibile... ma anche un po' inquietante...

- No! Non c'è nulla d'inquietante. Credo che l'elettricità del pianeta sia generata dagli atomi di cui sono composte tutte le cose. Tutto ruota: noi e il nostro mondo ruotiamo attraverso lo spazio a una velocità incredibile, ma anche ogni piccolo atomo del mondo ruota. Sono convinto che le molecole e i loro atomi siano mondi molto piccoli che ruotano e si muovono nelle loro orbite, proprio come le stelle, e il loro etere ruota insieme a loro, generando così elettricità. Bisogna soltanto scoprire un metodo per utilizzare questa forza, praticamente inesauribile, che si trova così a portata di mano. Questo ci permetterebbe di scoprire quelli che sono sicuramente alcuni dei più grandi segreti dell'universo. Sarebbe la più grande scoperta dopo la Creazione e porterebbe una rivoluzione totale in tutta la vita. Io ho già scoperto qualcosa in merito...

- Può anticiparcelo?

- Diciamo che ogni cosa sia dotata di vita in questo pianeta, dall'uomo che ha reso schiavi gli elementi, alla più agile delle creature, oscilla durante una rotazione. Ogni volta che un'azione è generata da una forza, anche infinitesimale, il bilancio cosmico viene alterato e il moto universale ne risente degli effetti.

- Scusi, potrebbe essere più chiaro?

- No! È molto pericoloso. Le menti degli uomini potrebbero non essere ancora pronte per accettarlo...

- Signor Tesla, lei è un tipo che si accende rapidamente, - ribatté l'inviato un po' stupito da quella risposta brusca. - Ritiene che sia possibile fornire l'energia elettrica prodotta alle cascate, fino alle porte di New York a prezzi inferiori di quella prodotta qui con i generatori a vapore?

- Certamente!

- Insomma signori, Nikola Tesla è uno scienziato che è in anticipo sui tempi: un veggente, un poeta vero e proprio dell'energia elettrica, un uomo il cui occhio è focalizzato sulle grandi cose della scienza! È stato accusato di essere un visionario, ma mi sembra che l'accusa sia fuori luogo, perché, pur avendo avuto visioni che altri scienziati non abbiano mai avuto, alcune di esse sono basate sul ragionamento piuttosto che sulla fantasia; visioni che hanno aperto nuovi campi per la ricerca scientifica e che porteranno vantaggi pratici per ogni famiglia. Tesla è giovane e forte e la sua mente è un vulcano. È pervaso dall'ardore e non c'è ragione per supporre che la parte più brillante e utile della sua vita non sia ancora giunta. Un'ultima domanda: su cosa sta lavorando adesso?

- Ho realizzato il Teslascopio. Dopo aver cercato di segnalare il pianeta Marte sono passato a Saturno.

- In che senso?

- Invio segnali nella magnetosfera di questo enorme e sconosciuto pianeta e studio. Poi, - aggiunse frettolosamente, cercando di cambiare discorso. - Poi passerò a realizzare la Wardenclyffe Tower, grazie al supporto di J. Pierpont Morgan.

- Vuole salutarci con un appello?

- Come dico spesso al mio amico Mark Twain, un giorno l'uomo connetterà il suo apparato con i moti originari dell'universo... e le vere forze che spingono i pianeti sulle loro orbite e li fanno ruotare, spingeranno i suoi macchinari.

Spazio

Il vuoto non era completamente vuoto. Plasma di idrogeno e di elio, qualche infinitesimale radiazione elettromagnetica, un debolissimo campo magnetico circondato da qualche neutrino erano attraversati dall'energia, la producevano e la captavano. Neppure tre gradi kelvin in tutta quella remota regione. Un contrasto spaventoso rispetto anche a una sola delle corone delle stelle in cui si raggiungevano temperature di oltre un milione di kelvin. La zona di plasma con la densità estremamente bassa e la temperatura alta, il medium intergalattico tiepido-caldo e il medium che ingloba gli ammassi di galassie, erano lontani ricordi. Ricordi di luoghi a distanza incalcolabile e impensabile. Non c'era un netto confine, la così detta linea Kármán era un termine di misura ridicolo e inappropriato per misurare la distanza dalla Terra. "La natura aborrisce il vuoto" aveva detto Aristotele, ma quelle regioni interstellari potevano esser considerate parte della natura?

Laggiù dove nessuna radiazione solare giungeva, laggiù dove arrivavano appena le reazioni termonucleari di fusione dei nuclei solari distanti eoni, dove si avvertiva appena la pallida eco delle radiazioni elettromagnetiche su frequenze e lunghezze d'onda impercettibili e debolissime, regnava il buio e il freddo. Non esisteva nulla in grado di produrre luce, solo qualche atomo neutro e qualche buco nero. Onde lunghe infinite, di materiali infinitamente piccoli, lambivano le profondità dell'abisso spaziale. Si rifrangevano sui pianeti, accarezzavano i satelliti naturali e si strusciavano sulle orbite con fare sinuoso e avvolgente. Il tutto nell'oscurità più profonda al segreto da sguardi indiscreti, nel gelido mare dello spazio assoluto e remoto.

Poi correnti, raggi, filamenti che da eoni avevano le loro traiettorie, le loro vie, le loro peculiarità fremettero improvvisamente. Qualcosa le aveva disturbate, non uno sguardo, ma forse un pensiero: qualcosa d'immateriale eppure di terribilmente potente le aveva sfiorate.

Ed era la prima volta.

Loro ci plasmano

"Buio. Vuoto. Vuoto perfetto. Plasma rarefatto. Strutture filamentari. Dense e meno dense. Idrogeno ionizzato. Gas. Freddo, oggetti, stelle e pianeti erano così distanti che non influivano in alcun modo.

Il buio era buio allo stato atomico e molecolare e infinitesimali forme di aggregazione dal campo magnetico diffuso ma molto debole, vorticavano impercettibilmente in varie bolle collegate da una struttura a bracci. In questa desolazione, due forme galleggiavano silenti e apparentemente addormentate.

Non un movimento, non un fremito. Nulla faceva presumere che fossero forme animate. Nulla faceva presumere che fossero forme organiche. Nulla faceva presumere che fossero senzienti. Poi, improvvisamente, una delle due ebbe un tremito.

Dopo un tempo che parve infinito un altro tremito.

L'altra si mosse, come in risposta. Rotearono lentamente, come risvegliandosi. Come riattivandosi. Qualcosa aveva mutato il loro stato. Qualcosa aveva attratto la loro attenzione.

Le due entità si fronteggiarono."

Dalle memorie del professor Vidagdha.

L'entità grigia non assomigliava a nulla di conosciuto: la forma nota che più gli si avvicinava era quella di un feto incompleto, dalla pelle scura e dagli occhi immobili. Essa parlò:

- I manusyagana hanno capito.
- Chi? Cosa? No, - rispose il suo simile agitandosi poco distante.
- Non è possibile!
- Sono in pochissimi ad averlo fatto, a dir la verità. Ma qualcuno c'è arrivato.
- Non era previsto, - rispose l'altro, galleggiando inquieto.
- Lo so.
- Che facciamo, Asiva?
- Annientamento, Akampa.
- Come?
- Attraverso loro stessi.
- Ma come hanno fatto a capire? E quanto sanno?
- Abbastanza.

Le due creature dalla pelle cinerea e liscia, incredibilmente robusta e capace di resistere alla pressione delle profondità oceaniche e al vuoto dello spazio interstellare, galleggiavano immobili. Avevano smesso di muoversi, ma le poche stelle lontane affacciate nella loro direzione non si erano perse i fremiti che li avevano scossi. Tutto intorno era freddo e fermo. Tutto intorno immobilità vitale. E status perenne.

- Ma come hanno fatto a capire? Abbiamo creato il sistema Saturno-Luna-Acqua milioni di anni fa. Ha sempre funzionato bene. Abbiamo intrappolato questi esseri con la prigionia emozionale-sensoriale-percettiva. Gli abbiamo dato tutto quello che a loro serviva per essere occupati: sofferenza, perversione, mostruosità, egoismo e ignoranza. Su Acqua abbiamo creato le religioni che hanno inserito il seme del senso di colpa, del senso di appartenenza. Abbiamo aggiunto anche la colpevole 'basica natura umana animale', il mito dell'elevazione dello spirito. Abbiamo dato loro vere e proprie prigioni di giustificazione e pensiero, limiti imposti sulla realtà. E loro su queste cose hanno edificato decine di civiltà, centinaia di monumenti! Abbiamo creato la loro struttura di potere, che offre e propone da tempo immemore per mantenere poi tutto inalterato, di modo tale che chiunque mettessimo al potere, se avesse continuato a mantenere lo status quo, non avrebbe mai perso ciò che ha! E mi dici che i manusyagana hanno percepito l'inganno?

- Oh, non tutti, - ripose laconico Asiva. - Solo alcuni di loro.

- Come?

- I testi gnostici, Akampa...

- Ma li abbiamo abbattuti, gli gnostici!

- Sono stati ritrovati. Non sono mai morti.

- Ma la nostra manipolazione sta continuando da sempre! Abbiamo persino eliminato l'ibridazione tra umani e genie non umane, abbiamo eliminato gli scambi sessuali tra noi e loro quando hanno cominciato a dubitare e quando i miti, i demoni e le divinità non sono più bastate, abbiamo cambiato sistema. Abbiamo dato loro il credo della "caduta dell'uomo". Abbiamo fatto credere loro che li avessimo creati, mentre invece li abbiamo solo cambiati!

- Oh, ma questo credo non l'abbiano ancora scoperto.

- Eppure gli gnostici...

- Non lo sanno, ti dico. Questo ancora non lo sanno. Ma la questione cambia poco. Dobbiamo agire, in fretta!

- Ma sono ridicoli primitivi, in grado appena d'imbracciare armi a proiettili metallici.

- Non tutti.

- Ma dopo aver manipolato la loro genetica, hanno finalmente accettato la frequenza: hanno smesso di rifiutare la realtà intorno a loro, l'hanno accettata in un modo completamente nuovo. Ormai sono assuefatti, sono così repressi sulle loro capacità innate di percepire la realtà che credono sia quella che vivono ogni giorno. Vivono ognuno in quella 'bolla' di senso della realtà, che ancora oggi li imprigiona.

- Su Acqua qualcuno sta rompendo la propria bolla...

- Abbiamo dato loro le guerre, i loro simili che muoiono di fame, abbiamo dato loro la parola "io", conflitti a ogni livello e loro sono assuefatti da migliaia di anni. Come hanno capito? Ci hanno percepiti?

- No. Siamo ancora fuori dalla percezione dei manusyagana, in termini di frequenze; quelli di noi che sono stati percepiti, sono ancora adorati da tutte le maggiori religioni.

- Ma allora è semplice: muoviamo ancora le religioni!

- Non sono più così seguite. Le cose sono cambiate dall'ultima volta.

- Mi dici che il sacrificio degli umani che avveniva qualche tempo fa non basta più? Non credono più?

- No.

- Ma abbiamo dato anche nuovi simboli: le istituzioni moderne, le banche, i media, le nuove religioni, il business, il sesso...

- Non basta.

- Saturno non funziona più bene?

- Loro lo hanno scambiato da sempre per il Sole. Nessuno di loro ricorda che il simbolo antico del Sole, con un punto nel mezzo, effigiato ovunque su Acqua, era invece quello di Saturno. E che non è il sole che vedono oggi. Non sanno che tutto nasce da Saturno. Non sanno che adorano un sistema tecnologico. Sono arretrati. Stupidi. Ci vorranno millenni perché lo capiscano. Alcune società segrete, forse più avanti nella comprensione della questione, venerano l'occhio, ma esso è l'occhio di Saturno!

Il Cubo

"I saggi hanno guardato le stelle sin dall'alba dei tempi, incuriositi dal loro scintillio paradisiaco e attribuendo loro poteri divini, basandosi sugli effetti che avevano sull'umanità. Saturno, prima del Diluvio Universale, era considerato il Dio Supremo, il governatore dei re. Secondo gli studiosi dell'Archeologia Proibita Saturno governava il regno d'Atlantide ed era l'antenato divino di tutti i patriarchi e re terrestri. Il suo culto si è perpetuato nei millenni, prendendo forma nei numerosi Déi nell'antichità: Chronos o Saturno, Dioniso, Iperione, Atlente, Ercole, erano tutti collegati con un grande continente di Saturno; vi erano Re che avevano governato sui Paesi delle coste occidentali del Mediterraneo, in Africa e Spagna. Ma v'è di più: Iside, nella mitologia egizia, è considerata la figlia maggiore di Saturno. "Io sono Iside, la Regina di questo paese. Fui istruita da Mercurio. Nessuno può distruggere le leggi che ho promulgato. Sono la figlia maggiore di Saturno, il più anziano degli Déi."
E andando ancora più a ritroso, nelle civiltà semite troviamo Saturno con il nome "El". La divinità suprema che viene rappresentata con un cubo. Il mondo moderno è pieno di queste rappresentazioni."

Dalle memorie del professor Vidagdha.

- Aveva ragione Lovecraft...
Cominciò il vecchio dai corti capelli grigi, il suo volto era mite e
buono e i suoi occhi, seppur vivaci, avevano ormai perso la lucentezza
della gioventù.

- Perché, professore? - domandò Aldo che ormai era noto in
facoltà: era forse lo studente più anziano di tutti; un primato
del quale non si vergognava affatto. Lavorava di notte per
pagarsi la retta e riteneva di dovere dare tutti gli esami della
facoltà, prima di potersi laureare: non solo quelli del piano di
studi.

- Perché nelle sue storie, nella sua cosmogonia, lo scrittore
americano aveva messo la verità.

- Di quale verità parla?

- C'è un predatore che eoni orsono giunse dalle profondità del
cosmo e prese potere sulle nostre vite. Tutti gli esseri umani
sono suoi prigionieri. Il predatore è il nostro signore e maestro.
Ci ha resi docili, indifesi. Se vogliamo protestare, sopprime la
nostra protesta. Se vogliamo agire indipendentemente, ce lo
impedisce. Siamo prigionieri!

- Ma perché qualcuno dovrebbe farci questo?

- Perché per loro siamo cibo... e ci strizzano senza pietà, perché
siamo il loro sostentamento. Così come noi alleviamo i polli nei
pollai, i predatori allevano gli uomini in pollai per umani.

- Ma perché, professore, perché?

- Perché così hanno sempre cibo a portata di mano.

- Non capisco. Noi saremmo cibo per questi esseri? Ma chi sono
questi predatori? Se si cibano di noi, perché non moriamo? E
come è possibile che nessuno li abbia mai scoperti?

- Sono contento che la tua mente lavori e si ponga interrogativi.
Significa che non sei sedato fino in fondo, che per te c'è ancora
una speranza; ma il vero Guardiano della Soglia è la tua
consapevolezza. Sarà ancora viva dopo tutti questi secoli di
ottundimento? Avrà ancora forza di opporsi alla ragione?

- Professore, non la capisco! Mi spieghi, - lo esortò ancora Aldo.

- Mi spieghi!

Aldo era un tipo intelligente e attento: non era il migliore, ma aveva un intuito molto più sviluppato degli altri e il professor Vidagdha aveva messo gli occhi su di lui. Se c'era qualcuno che forse poteva capire, che forse aveva una possibilità di salvarsi, quello era Aldo. Il vecchio studente fuoricorso della facoltà di lettere.

- Certo, è la tua unica chance, - ripose Vidagdha, serafico come se stesse dicendo la cosa più normale del mondo. - Siamo prigionieri!

- Come? Siamo prigionieri? Di cosa esattamente?

- Saturno!

- Che? Il pianeta?

- Luna...

- Parla della nostra Luna?

- Terra.

- Non capisco. Professore Vidagdha, si spieghi meglio!

- Questi corpi celesti, tutti e tre insieme, sono la causa della nostra prigionia emozionale, sensoriale, percettiva.

- Prigionia emozionale, sensoriale e percettiva? Continuo a non capire!

- Siamo in trappola, c'è ben poco da capire. Bisogna accettare; bisogna cambiare. Questo è il momento!

- Ma cosa? Cambiare da cosa? Cambiare che cosa?

- È tempo di osare! Ricorda: l'Illuminazione è un processo distruttivo, che non ha nulla a che fare con il diventare migliori o l'essere più felici. L'illuminazione è lo sgretolarsi della non-verità, è vedere oltre il velo!

- Sta parlando di fine del mondo e cose simili? Della peste? Della tirannia finanziaria?

- Fine del mondo per chi vuole.

- In che senso?

- Ci è data la possibilità di cambiare. Noi possiamo desiderarlo.

- Favole?

- No, parlo dell'allineamento. Tutto dipende dal cosmo: tutto è collegato. Si apre una strada. Chi vorrà, chi capirà, la percorrerà liberandosi. Gli altri continueranno in questa prigionia.

- Ma quale prigionia? Non c'è nessuna prigionia. Magari la realtà non sarà bella, non sarà quella che vogliamo ma, è solo realtà. Non prigionia!

- Anche se non vedi le sbarre, non significa che non ci sia la gabbia.

- E chi ci terrebbe in gabbia? I mostri di Lovecraft?

- I testi gnostici descrivono entità grigie, simili a feti incompleti e dalla pelle scura e dagli occhi immobili. Sono intorno a noi da migliaia di anni. Ci sono sempre stati. Non sono un fenomeno moderno. Ci stanno manipolando da lunghissimo tempo, almeno da quello che noi chiamiamo tempo.

- Siamo stati manipolati, professore? Magari anche ibridati?

- Sì, ma non significa necessariamente che debba esserci stato uno scambio sessuale tra un alieno e un umano, né che debba esserci stata una manipolazione genetica; non é indispensabile che sia accaduta una cosa simile.

- E come, allora?

- Con mezzi più sofisticati.

- Quali?

- Aldo, ricordi la cacciata dell'uomo dall'Eden? Ricordi il concetto di caduta dell'uomo? Leggende e miti riportano che siamo precipitati in uno stadio primitivo, dopo un periodo di grande conoscenza.

- Sì, ricordo. Vuole dire che ci hanno creato queste entità grigie?

- No. Ci hanno solo modificato, proprio come dicevano gli Gnostici.

- Ma perché hanno manipolato la genetica umana?

- Per farci interagire con la realtà intorno a noi, in un modo completamente nuovo. Da quando accadde non fummo più in grado di percepire la vera realtà. Siamo finiti in queste 'bolle' di senso della realtà, che ancora oggi sono la nostra prigione.

- Ma chi? Come? Ancora non mi ha detto chi e come? E soprattutto come fa lei a esserne tanto sicuro?

- In questo mondo, per come lo percepiamo noi, c'è solo guerra, persone che muoiono di fame; esiste soltanto la parola 'io'. Non ti pare strano?

- Non so... ma chi sarebbe stato? E come lo sa?

- Sono state queste entità.

- Perché non le vediamo, professore Vidagdha? Perché non sappiamo nulla di loro?

- Perché si trovano semplicemente fuori dalla percezione umana, in termini di frequenze.

- Come fanno?

- Grazie a Saturno.

- Che? Come? Ancora il pianeta?

- Saturno è la chiave per comprendere quello che accade da millenni. Ricorda il simbolo antico del Sole: un cerchio con un punto nel mezzo.

- Quello che usano gli astrologi occidentali?

- Sì, ma quello non è il sole che vediamo oggi: quello era il simbolo di Saturno. Molte delle divinità del passato che si riferiscono al Sole, non sono figlie di quel Sole che conosciamo oggi, ma di Saturno, che venne simbolizzato a lungo come occhio.

- Come l'occhio di Sauron?

- Anche. Sai, Aldo, non sei del tutto lontano dalla verità. Il mondo intero è stato pervaso dal culto di Saturno, per migliaia di anni. Il culto non è mai cessato e i suoi rituali sono ancor oggi presenti. Saturno è definito anche 'Il Signore degli Anelli', stesso motivo per cui ci scambiamo gli anelli durante il matrimonio, o vengono disegnate le aureole ai santi.

- Incredibile...

- Comunque su Saturno ci fu una immensa esplosione che diede vita a enormi quantità di detriti, che formarono una mezzaluna luminosa, perché riflettevano la luce del giorno. Tutto questo non ti ricorda anche il simbolismo dell'antico Saturno: il dio cornuto e la donna cornuta? Ricordi i Saturnali romani, l'uomo con la barba bianca, Chronos il dio del tempo?

- Parla di simbologia?

- Sì. Ricordi quanto disse Confucio?

- No; Confucio disse molte cose, a quale si riferisce?

- Il mondo è governato da segnali e simboli, non da leggi e frasi. Ecco, i simboli sono rappresentazioni olografiche di onde di frequenza... e cosa vuoi che siano i segnali, Aldo?

- Ma s'intende la simbologia: il simbolo che rappresenta qualcosa.

- Questo è quello che credono gli essoteristi. Qui, invece, c'è la verità. Il velo è tirato. Nessuno vede.

- Professor Vidagdha, tutto questo è molto difficile da credere.

- Non ho mai detto che fosse semplice.

- Ma come sa tutte queste cose?

- Saturno, prima del cataclisma, non aveva anelli o, almeno, non quelli che vediamo ora.

- E allora da dove vengono questi anelli?

- Lo spiegano le immagini delle sonde Voyager 1 e 2 di oltre trent'anni fa.

- Che cosa si vedrebbe in queste immagini?

- Cose che anche la sonda Cassini aveva trovato.

- Che cosa?

- Cose che hanno cambiato la vita di uno scienziato scrittore come Norman Bergrun.

- Di che immagini parla, professore?

- Di oggetti cilindrici che Bergrun chiama 'veicoli elettromagnetici', presenti in grandissima quantità, a volte più grandi della Terra, che hanno a che fare con questi anelli di Saturno.

- Che vuol dire? Perché di questi oggetti non si parla nei documenti?

- Si vedono anche agli infrarossi con il telescopio Hubble. Sono gigantesche 'cose'. Bergrun scoprì che questi oggetti immettevano qualcosa negli anelli di Saturno, o meglio: li estendevano, o li costruivano!

- Non è possibile!

- Aldo, devi spostare il tuo senso della percezione.

- Non capisco. Ancora non capisco come ci possa influenzare Saturno.

- L'astrologia, - borbottò il professore. - Questa scienza così vituperata...

- Non è una scienza!

- Lo era. Lo poteva diventare! Ma è stata infarcita d'imbroglioni, di farabutti!

- È stato un caso...

- No. È stato fatto perché si doveva confondere: si doveva annacquare il messaggio pericoloso che essa veicolava! Nulla succede a caso, caro mio!

- Parla di oroscopi? - domandò incredulo Aldo.

- No. Parlo di influenza che gli astri hanno su di noi.

- Sì, influenze come 'se oggi avessi in opposizione Marte dovrei litigare con qualcuno' e idiozie simili?

- No, - rispose serio il professor Vidagdha. - Influenze come il fatto che siano gli astri a creare la realtà.

- Come?

- Gli anelli di Saturno, quelli costruiti, sono fatti di materia cristallina, perché questa è un veicolo eccellente per passare informazioni.

- Sembra fantascienza...

Falsa Realtà

"Greci e Romani adorarono Saturno come un dio crudele. Saturno fu il sovrano dell'Universo per innumerevoli ere, e regnò con sua sorella Opi, che divenne successivamente la sua sposa. Secondo la profezia Saturno sarebbe decaduto quando uno dei suoi figli lo avrebbe deposto. Per evitare che ciò avvenisse, ogni qual volta Opi partoriva un figlio, Saturno lo mangiava immediatamente.

Quando nacque il suo sesto figlio, Zeus, Opi lo nascose sull'isola di Creta. Poi avvolse nei suoi panni una pietra facendone un fagotto. Il suo inganno fu completo quando Saturno lo ingoiò pensando che dentro vi fosse il bambino. Quando Giove-Zeus crebbe, divenne il coppiere dell'ignaro Saturno, poi con l'aiuto di Gaia, sua nonna, Giove servì a suo padre una pozione, che lo indusse a vomitare il suoi fratelli: Vesta, Cerere, Giunone, Plutone e Nettuno.

Saturno ha da sempre avuto un significato negativo. Saturno è sempre stato associato al Male. Nei tempi antichi veniva chiamato il Grande Malfattore, in opposizione a Giove, il Gran Benefattore. Esotericamente, Saturno è associato alle ristrettezze umane, alle privazioni, ma soprattutto alla morte e alla decadenza. In greco era chiamato Kronos, il signore del Tempo, che conduce, quando termina, alla fine dei mortali.

Anche le rappresentazioni tradizionali del Grande Mietitore, provengono dagli attributi del dio Saturno, che tiene in mano il falcetto col quale uccise suo padre Urano."

Dalle memorie del professor Vidagdha.

Akampa domandò mentalmente:

- La fascia di frequenze che i manusyagana decodificano come falsa realtà è stata individuata?

- No, - rispose semplicemente Asiva, continuando a galleggiare nell'oscurità.

- Qualcuno di loro è uscito dal 'limite'?

- Non coscientemente.

- La nostra manipolazione è fallita? Le forme umane che abbiamo manipolato per essere sintonizzate, per ricevere e trasmettere, all'interno di questa banda di frequenza di Saturno hanno smesso di 'produrre'?

- No, Akampa.

- C'è stata una diminuzione nella produzione?

- Minima.

- Allora perché dovremmo privarcene?

La domanda di Akampa risuonò a lungo nello spazio profondo.

- Alcuni di loro hanno capito!

- Come? C'è forse stato un calo di frequenza?

- Non da parte di Saturno.

- Allora forse dalla parabola?

- Il loro satellite, - ammise Asiva. - Forse.

- Hanno capito che si tratta di un artefatto? Hanno capito che la geometria e la matematica tra i tre punti costituiti da quello che loro chiamano Sole, dall'artefatto che chiamano Luna e da Acqua, sono perfette in termini di sincronicità? Hanno scoperto la differenza di questi tre globi, rispetto a tutti gli altri pianeti del sistema solare?

- No, ma qualcuno ha letto gli scritti gnostici di Nag Hammadi.

- Problemi? Da sempre gli abbiamo fatto credere che i loro avi fossero più ignoranti di loro. Da sempre il loro ego è stato innaffiato dalla credenza che i discendenti siano sempre più evoluti dei predecessori! In quanti daranno retta a quei vecchi rotoli?

- Qualcuno sospetta che la luna sia stata messa lì con l'accuratezza di un chirurgo e che funzioni come un orologio svizzero.

- Quindi si sono accorti che non hanno bisogno della luna.

- Alcuni di loro sì. Alcuni si sono fatti delle domande. Alcuni hanno messo in dubbio perfino il fatto che ci siano mai stati su quel satellite.

- Superando l'ego smisurato proprio delle forme umane?

La voce mentale di Akampa, se avesse avuto proprietà umane, avrebbe risuonato colma di stupore.

- Sì. In molti si sono resi conto che è molto più leggera nella massa, di quanto dovrebbe essere e che occupa un'orbita davvero improbabile.

- Hanno individuato le strane costruzioni, le torri, gli insoliti fenomeni di luce blu che i nostri antenati hanno impunemente lasciato laggiù, eoni fa?

- Forse...

- Ritieni che la funzione del satellite sia ancora intatta? Ritieni che amplifichi ancora bene i 'messaggi' di Saturno verso Acqua? La loro realtà fittizia è ancora solida, Asiva?

- Sì, ma ci sono molti individui primitivi che si stanno risvegliando. Alcuni di loro hanno capito e stanno cercando di far capire agli altri cosa è in realtà la luna. Fortunatamente in pochi li stanno a sentire e ancora meno credono a quanto dicono. Acqua ha raggiunto una fase di positivismo esasperato e qualsiasi cosa non si possa provare, qualsiasi cosa che i loro cinque monchi sensi non possano percepire, ufficialmente non esiste.

- Questo è un bene, - la voce di Akampa risuonò di una sorta di soddisfazione. - Proprio su questo si è sempre fondato tutto.

- Sì, ma la grande limitazione verso le forme umane, i cicli ripetitivi creati dalla luna a cui rispondono, sono parzialmente messi in crisi dall'allineamento dei pianeti. Sapevano che sarebbe avvenuto. Forse l'influenza di Saturno sta diminuendo più del previsto.

- Gli avevamo dato il televisore per ovviare a questo; ha fallito?

- No. Sta ancora svolgendo egregiamente il suo lavoro: se non fosse stata per quella scatola primitiva, molti di loro avrebbero già sospettato. Sono distratti. Questo è un bene, ma forse non basta.

- Gli abbiamo tolto le frequenze. Ormai esiste solo il digitale, non percepiscono altro, non vanno più sulle altre bande. Non hanno più neppure i mezzi per farlo!

- Anche questo è stato un bene. Ormai, visto l'allineamento planetario, quelle bande sarebbero state un occhio aperto sulla realtà. È un bene che non vi accedano più.

- Sai bene che nonostante il pericolo, noi non possiamo rinunciare a un pianeta tanto produttivo!

La voce di Akampa risuonò a lungo, nell'immensità di quel remoto spazio interstellare.

- Ma devono continuare a rimanere all'oscuro: non devono capire, non devono pensare, non devono sognare in quella direzione. O tutto cambierà!

Avversario dell'Umanità

"Saturno fu spesso associato a Satana. Le ragioni furono molteplici, ho scoperto che numerosi ricercatori affermano che la parola Satana sia un derivato della parola Saturno. Ed è anche vero che Saturno è associato al colore nero che è anche il colore di Satana.

Da non trascurare il fatto poi che per gli antichi Saturno era il pianeta più lontano di tutti dal sole, astro da sempre associato col principio del Bene. Ecco che quindi Saturno è il corpo celeste che è meno esposto alla luce divina del Sole e quindi viene associato alla freddezza del principio del Male.

Infine, il grande dio Pan, divinità cornuta, rappresentava Saturno nell'antico paganesimo. La creatura mezzo uomo e mezzo capro è considerata l'antenato delle nostre raffigurazioni di Satana.

Satana, che poi significa Avversario... avversario della razza umana. Saturno è l'avversario che dobbiamo combattere, ma spiegare al mondo perché e come è più difficile che sfidarlo a duello."

Dalle memorie del professor Vidagdha.

- Ripeto: è fantascienza!

- No, Aldo non lo è. Nel 2009 la NASA rese nota l'immagine di un anello enorme: oltre 7 milioni di miglia, intorno a Saturno. Quest'anello potrebbe contenere miliardi di pianeti grandi come la Terra. Alcuni anelli sono a noi visibili, altri no... alcuni potrebbero essere anche solo acustici, frequenzionali.

- E quindi noi saremmo dentro un anello di Saturno, - sorrise lo studente grattandosi la barba su cui si affacciavano i primi peli bianchi. - Magari invisibile?

- Non lo so, - rispose il professor Vidagdha. - Siamo sicuramente in una fascia di frequenze che noi decodifichiamo come realtà, ma che è stata costruita per noi.

- E dove finirebbe questa banda di frequenza, che ci imprigiona?

- Credo che il limite sia quello che noi chiamiamo velocità della luce, superata la quale cominciamo a percepire la vera realtà.

- È difficile da credere.

- Perché sei nella fascia che crea questa realtà, - rispose serafico il professore. - In questa fascia, noi, che siamo stati manipolati in tempi antichi, siamo ormai ben sintonizzati: riceviamo e trasmettiamo perfettamente all'interno di questa banda di frequenza, emanata da Saturno.

- Ma non c'è un limite fisico? Un punto da cui si vede quella realtà che lei dice esistere?

- Oltre alla velocità della luce?

- Sì. Voglio dire, solo superando questa velocità riesco ad accorgermi dell'inganno?

- No. Probabilmente c'è anche la luna.

- Come?

- La luna è un artefatto, o parzialmente un artefatto.

- Professore, mi scusi, ma questa discussione sta diventando ridicola.

- Ecco il Guardiano della Soglia che esce. Lo aspettavo sin dall'inizio della nostra chiacchierata. Ora si è palesato. Devi superarlo. È una buona notizia, significa che la tua consapevolezza non è morta. Non mi avresti ascoltato sinora, altrimenti; ma ora che arrivano le prove definitive, la tua razionalità, sintonizzata da sempre su questa fascia, difende la stabilità acquisita. Difende il mondo che conosce. Ora, stai rischiando la vita. Ora, come diceva Lovecraft, 'la tua sanità mentale è in pericolo'. Sei al punto di non ritorno. Potresti impazzire o essere libero. In fondo mi pare che qualcuno dicesse: fatti sapiente e sarai libero.

Aldo rimase in silenzio. Riflettendo a lungo su quell'ultima frase.

- La geometria e la matematica tra il Sole, la Luna e la Terra, sono fantastiche in termini di sincronicità! Corrispondenze che non si trovano nel resto dei pianeti nel sistema solare! Negli scritti gnostici di Nag Hammadi, si dice che il sistema sole-luna-terra è un sistema separato. Le matematiche implicate in questo sistema sono stupefacenti: la Luna è stata messa lì, da qualcuno... e funziona con l'accuratezza di un orologio svizzero.

- Professore, non è credibile!

- Puoi negarlo, Aldo? Anche la BBC fece un programma intitolato: 'Abbiamo veramente bisogno della Luna?'. No, non ne abbiamo bisogno, fidati. Noi vediamo da sempre solo il suo lato più vicino, non quello più lontano e a nessuno tutto ciò suona strano. La luna è più grande di quanto dovrebbe, apparentemente più vecchia di quanto dovrebbe e molto più leggera nella massa di quanto dovrebbe. Compie un'orbita improbabile e, ancora oggi, tutte le spiegazioni scientifiche che cercano di giustificare la sua presenza sono così traballanti che nessuna di loro è considerata, nemmeno lontanamente, inconfutabile.

- Ma non è possibile!

- No? Eppure oggi si crede che la Terra sia stata colpita da un grande pianeta e, dopo lo scontro, da essa sia fuoriuscita un'enorme quantità di materia, che andò poi a formare la Luna.

- Non ci credo. Non è credibile.

- Perché? Perché non vi sei abituato? Perché in televisione dicono che non è così, Aldo?

- Professor Vidagdha, la televisione non parla di queste cose. Non ci credo perché tutti sanno che è così.

- Davvero? Eppure, a livello scientifico, la migliore spiegazione per l'esistenza della Luna è che sia un mero errore di osservazione. La Luna non esiste.

- Chi lo dice?

- In tanti: Irwin Shapiro della Harvard Smithsonian Center for Astrophysics, ma anche Robert Brett, della Nasa, il quale arriva a sostenere che è più facile spiegare la non esistenza della Luna, piuttosto che la sua esistenza.

- Ma allora, perché non si parla di tutto ciò? È interessante e misterioso.

- Perché non se ne deve parlare. Non ci si deve pensare. Le masse non devono convogliare i loro pensieri in questa direzione. Sarebbe rischioso.

- Per chi?

- Per chi ci sta allevando su questo pianeta.

- Perché? Per farci cosa?

- Per predarci, Aldo. Per predarci.

- Forse queste rivelazioni sulla Luna sono troppo recenti, perché i media le percepiscano e se ne interessino.

- Ma non sono rivelazioni moderne! Già nel 1970 la Soviet Academy of Science si chiedeva se la Luna fosse una creazione di un'intelligenza aliena. Gli scienziati russi si fecero queste domande, perché si resero conto che la Luna non poteva essere un corpo fisico naturale: perché troppe erano le anomalie inspiegabili.

- Sì, ma ci sono anche quelli che dicono che sulla Luna si vedano strane costruzioni, torri, strani fenomeni di luce blu, tutt'altro che naturali.

- Aldo, non va escluso che la Luna possa essere davvero una struttura tecnologica, anzi: diciamo che tutto faccia pensare proprio a questa soluzione. Anche se applicassimo il rasoio di Occam emergerebbe questo. Solo che nessuno vuole accettare la possibilità che sia così. È anche possibile che la Luna possa essere un amplificatore dei messaggi di Saturno, spediti sulla Terra: come una parabola in grado di trasmettere informazioni che noi recepiamo e che ci fanno vivere in una falsa realtà.

- Sembra Matrix, professore.

- In un certo senso lo è: la Luna è un potentissimo computer elettromagnetico. L'energia proveniente da essa, emette da eoni frequenze elettromagnetiche sulla Terra, per mantenere il nostro DNA a due eliche. La Luna è un satellite che fu costruito. Ancorato fuori dalla atmosfera terrestre, con un dispositivo di mediazione e monitoraggio: un supercomputer, o un occhio nel cielo. La Terra non è posseduta da chi la abita, ma da un predatore superiore.

- Chi?

- Forse proprio quelli che H.P. Lovecraft, nei suoi romanzi, chiama Dei Esterni, che ci impediscono, come specie, di risvegliarci. Siamo collegati con loro nel loro sonno. Siamo sotto l'influenza della Luna che ci condiziona. La Luna ci limita da eoni. Noi siamo condizionati dai cicli ripetitivi creati dal nostro satellite, noi rispondiamo a questi cicli: le storie sulla Luna piena, sui lupi mannari, sulla pazzia, sulla follia e sul fatto che le emorragie si aggravino quando la Luna è piena, sono tutte vere! I nostri predecessori lo sapevano e hanno codificato queste nozioni come leggende e come leggende ci sono giunte! Perfino l'oceano e la sua enormità si muove, stimolato dalla Luna e tu pensi che essa non riesca a influenzare il piccolo essere umano, che tra l'altro è composto per oltre il 75% da acqua? Non ci riesce solo perché non lo dice la tv? La televisione ci influenza moltissimo, - concluse il professor Vidagdha. - Proprio come la Luna!

Società segrete

"Pan, che poi è uno dei tanti simboli di Saturno, era la potenza che controllava i mondi inferiori. La sua icona era semplice: in mezzo a una foresta, con il pene eretto, ubriaco e lascivo, amoreggiando voluttuosamente con le ninfe e suonando il flauto nei boschi. Alcuni lo considerano il sovrano dei bassi istinti dell'uomo, la nostra parte animale. La cosa strana è che, nonostante gli si riconosca la sua associazione col Male, le società segrete trovino la venerazione di Saturno necessaria per ottenere l'illuminazione. Lo fanno senza sapere che l'illuminazione viene da Saturno, perché questo pianeta è quello che crea la nostra realtà. Non per motivi di culto, non per motivi religiosi. Ma nessuno di loro sa la verità. La sua funzione è quella di "reprimere e sottomettere le passioni sregolate nell'uomo primitivo", dicono alcuni massoni, ma in realtà da quella frase dovrebbero togliere "le passioni sregolate" anche perché, se così fosse, non si spiegherebbe come mai dapprima stimoli in quel senso e poi privi...
Probabilmente l'esempio più estremo di società segreta col culto del principio del Male di Saturno è la Fraternitas Saturni."

Dalle memorie del professor Vidagdha.

- La banda di frequenza che genera la loro falsa realtà viene codificata ancora. Forse in maniera minore. Ma la loro manipolazione genetica si è armonizzata con questo ciclo. Non sanno di essere molto di più. Sono ancora chiusi dentro questo ciclo a cui rispondono.

La voce mentale di Asiva echeggiò nello spazio più profondo. Inudibile agli uomini e ai loro strumenti:

- Quindi il sistema funziona ancora, - domandò Akampa. - Non riescono a vedere oltre? Sono ancora prigionieri in quella banda di frequenze che chiamano 'luce visibile'?

- Sì, quasi tutti, - rispose Asiva. - Una minoranza però ha capito: alcuni di loro stanno comprendendo tutto. Il pericolo è grande, molto grande.

- Ma non possono vedere le pareti della loro prigione: sono pareti di vibrazioni e non sono in grado ancora di percepirle! Non sono in grado neppure di immaginarle, giusto?

- La trasmissione Saturno Luna è ovunque, tutt'intorno a loro, è vero. Quando guardano fuori dalla finestra, quando vanno al lavoro o allo stadio. Vedono, interagiscono e vivono la realtà che noi vogliamo che loro vedano. Sono una specie che abbiamo limitato: sono schiavi, sono servi. Producono per noi e sono così intasati dalla quotidianità della vita che gli abbiamo costruito addosso, da non avere il tempo per pensare. Se sapessero che il pensiero modifica la materia, se capissero quanto sia importante pensare nel modo giusto... i loro antenati, quelli che loro chiamano gli antichi, erano molto più vicini alla verità di loro. Ma da quando abbiamo ridicolizzato la magia, da quando abbiamo fatto credere loro che incantesimi, riti e formule non esistano e siano favole per bambini, la loro unica possibilità di capire, d'interagire con la realtà, è andata perduta. Certo, c'è qualcuno che opera in questo senso, ma opera in maniera rozza, deviata, per ottenere piacere personale, sangue, potere, chiunque operi su Acqua, anche se si avvicina alla verità, non è in grado di vederla come realmente è, perché l'ego blocca tutto.

- Quindi non hanno capito di essere schiavi... d'altronde come potrebbero, essendo nati in cattività? Nati in una prigione dove non possono odorare, toccare, assaporare nulla. Sono in una prigione per la loro mente!

- Qualcuno però sta uscendo dal ciclo, Akampa.

- Come? Abbiamo sviluppato il loro cervello rettiliano, proprio per evitare questa eventualità. Com'è possibile?

Culto Occulto

"Ho scoperto che la Fraternitas Saturni è un'organizzazione occulta che risiede in Germania e conosce il lato nascosto del culto di Saturno.

È nota ai lettori inglesi attraverso descrizioni frammentarie che enfatizzano gli aspetti sensazionali di rituali di magia sessuale del lavoro di questa loggia o anche il suo lato più oscuro. Questo è comprensibile, alla luce del fatto che questa sia la più disinibita organizzazione Luciferiana del moderno ritorno dell'occulto in occidente e che la sua pratica dell'occultismo a sfondo sessuale sia più elaboratamente dettagliata di qualsiasi altra loggia.

Loro sanno e conoscono la miscela unica di cosmologia astrologica, demonologia neo-gnostica, occultismo sessuale e principi organizzativi Massonici."

Dalle memorie del professor Vidagdha.

- Ma noi siamo andati sulla Luna, - sbottò Aldo. - Avremmo notato qualcosa sulla sua superficie!

- Forse sì, forse no. Forse qualcuno lo ha fatto.

- Che cosa sta dicendo?

- Tutto e niente, caro Aldo.

- È così criptico, adesso...

- Perché, quanto sto per dirti, ti lascerà l'amaro in bocca!

- Allora parli, avanti.

- Sei sicuro di volerlo sapere? Sei davvero pronto a sollevare il velo? Sappi che, - riprese il professore, dopo una pausa per ponderare bene le sue prossime parole. - Sappi che questo velo, una volta sollevato, non sarai mai più in grado di riabbassarlo!

- Sono qui, davanti a lei, in attesa. Mi illumini, la prego...

- Mi illumini, - fece eco il professore, con una risata amara. - Come la Luna fa con noi da millenni, riflettendo e aumentando il segnale da Saturno!

- Quante certezze sulla Luna, - Aldo parlava con tono calmo, con una vaga punta d'ironia. - E se non ci fossimo mai andati? In fondo ho visto i vari filmati, le varie foto, ho letto e ascoltato più volte le varie teorie. Potrebbe davvero esser stata una messa in scena, magari proprio di Kubrik. In fondo, se ci fossimo davvero stati, perché non vi siamo mai tornati? E quelle immagini risalenti fra gli anni sessanta e settanta? Sono così chiare, così nitide, forse troppo: sembrano davvero un po' troppo moderne! E poi, perché non abbiamo cercato l'oro e altri minerali preziosi, lassù? Perché non abbiamo istallato una stazione spaziale invece di costruirne una orbitante? Perché non abbiamo colonizzato il satellite? – Aldo fece una pausa, aggiustandosi gli occhiali sul naso e riprese fiato. - Perché non ci siamo mai andati! Ecco perché!

- È un'ipotesi conosciuta, - sorrise il professore. - E lascia molti dubbi anche a me.

- Quindi, - domandò Aldo, sbalordito. - Concorda con me, professore?

- Purtroppo no... purtroppo ci siamo andati lassù, Aldo.

- Non capisco... perché "purtroppo"?

Gli occhi del professor Vidagdha si fecero tristi e le parole fluirono dalle sue labbra come un sospiro:

- Ci siamo andati e abbiamo visto ciò che la razza umana non doveva vedere. Qualcuno tra gli astronauti delle missioni ha visto... ha capito! Per questo i loro volti, nelle seguenti conferenze stampa al loro rientro sulla Terra erano così tristi: avevano gli occhi bassi e non sembravano minimamente contenti di essere stati sulla Luna. Per questo dopo un po' non ci siamo più tornati. Per questo esistono le teorie che vogliono che lo sbarco sulla Luna sia stata solo fiction. Ciò che qualcuno ha visto lassù, deve rimanere segreto e non deve essere rivelato. Quando gli astronauti sono sbarcati, - continuò il professore facendosi ancor più serio. - Hanno visto e hanno capito che esiste un collegamento Luna-Saturno, che genera una banda di frequenza: una falsa realtà che i nostri cervelli ci fanno codificare come vera realtà. Sai come si chiama il vettore che ha portato gli astronauti sulla Luna? - Domandò Vidagdha, improvvisamente.

- No, - rispose Aldo, in tutta sincerità. – Non ne ho la minima idea...

- Saturn V, - gli occhi del professore si erano fatti seri e tristi. – Fidati: non è un caso.

Aldo rimase in silenzio a quella possibilità che gli si era posta davanti. Non l'aveva mai pensata in quell'ottica, ma più il professor Vidaghda parlava, più si rendeva conto che tutto ciò era molto più che possibile, anzi decisamente probabile. Tutto quanto si diceva sulla Luna era sbagliato, che fosse controinformazione o informazione di regime. Tutto serviva a nascondere la verità, una verità ancor più spaventosa alla luce di quelle ultime rivelazioni. Tutto tornava. Poi la voce del professore interruppe le sue elucubrazioni:

- Hanno trovato delle prove che hanno dimostrato loro come qualcuno ci ha, nei millenni, manipolato geneticamente. Ci siamo armonizzati con questo ciclo. Ma noi siamo molto di più! Siamo imprigionati dentro questo ciclo a cui rispondiamo. Ci hanno messo nella gabbia invisibile. Una gabbia planetaria.

Ecco la verità. Aldo, sei in grado di accettare la sua esistenza? Ti hanno detto che è nostro dovere lavorare-comprare-consumare. Che non c'è altro modo per sopravvivere. Ti riconosci in tutto ciò? Oppure pensi ci siano altre possibilità... migliori possibilità, per noi umani?

- È utopia! La società civile si mantiene su questo.

- Non è così! Il collegamento planetario che ti ho appena rivelato, crea una specie di firewall che ci impedisce di vedere oltre, che ci tiene prigionieri in questa banda di frequenze che noi chiamiamo luce visibile. Qualcuno ha preso il campo di energia dell'universo e dentro ci ha infilato una falsa realtà, apposta per noi. Potremmo non vedere mai le pareti della nostra prigione, perché sono pareti fatte di vibrazioni.

- È difficile da credere, professore.

- La Matrix Saturno-Luna è ovunque, tutt'intorno a noi: persino qui, ora, in questa stanza! Puoi vederla quando guardi fuori dalla finestra o accendi la televisione. Quando vai al lavoro, in chiesa, quando paghi le tasse. Questa è la pellicola del mondo che è stata stesa suoi tuoi sensi, per farti credere in un mondo finto, per renderti cieco davanti alla verità!

- Qual è la verità, allora?

- Aldo, la verità è che sei uno schiavo! Come tutti! Sei nato in cattività. Nato con restrizioni, nato in una prigione dove non puoi odorare, toccare, assaporare in maniera vera. È tutto finto. Sei dentro una gabbia, la tua mente è dentro una gabbia. Per millenni ci hanno drogato con frequenze che hanno sovrasviluppato il nostro cervello rettiliano. Prima di questa manipolazione genetica, questa parte del cervello non c'era o, forse, non era cosi potente com'è adesso. Vedi, qualcuno, i predatori li chiamo io, ci ha fornito delle credenze: idee precostituite di bene e male, di senso del dovere, finanche le nostre regole sociali; questi predatori hanno settato la nostra mente, hanno impostato secondo le loro regole il successo e il fallimento e, conseguentemente, la nostra felicità e depressione. Ma non siamo noi ad aver scelto queste regole, sono loro. Noi ci sentiamo felici o depressi se ci conformiamo con successo o meno alle loro scelte! Sono loro che ci hanno dato cupidigia, avidità e codardia, sono loro che ci rendono abitudinari ed egomaniacali. Ci vogliono obbedienti, miserevoli e deboli e per far questo inventano strategie barocche, come la loro mente, per tenerci impegnati in ansie, problemi, preoccupazioni; non ci vogliono liberi mentalmente, non ci vogliono sereni, ma sempre più impegnati nel risolvere problemi e affrontare calamità tutt'altro che naturali! Noi abbiamo la loro mente barocca e tetra, per questo percepiamo questi segnali, per questo temono di essere scoperti: perché siamo un po' come loro anche se dandoci le loro frequenze, attraverso il DNA a doppia elica, ci hanno disattivato la terza elica, ancora presente nel loro codice genetico.

- E cosa, - domandò Aldo un po' confuso da tutte quelle informazioni. - Cosa ci sarebbe nella terza elica?

- L'universalità. Il tutto! Le leggi che lo regolano. La sapienza. Ma ci hanno tagliato fuori da questa conoscenza: la nostra terza elica non è sviluppata; ci sono persone che, per tutta la loro vita, sono incapaci di avere una risposta o pensiero che non derivi dai programmi che loro ci hanno installato!

- Ma che succede quando si va oltre-corpo?

- La fuga. La calma e la pace. Uno stato di un'esistenza senza dolore.

- La mente spenta?

- Esatto. Attraverso la nostra mente, che dopotutto è la loro mente, i predatori iniettano nelle vite di noi esseri umani tutto ciò che a loro conviene. L'essere umano a un certo punto deve essere stato un essere completo, con delle prese di coscienza meravigliose, fatte di consapevolezza che, oggigiorno, sono nulla più che leggende mitologiche. Tutto sembra essere scomparso, in maniera progressiva e repentina e sulla scena è apparso un uomo "sedato", l'uomo moderno, nel senso storico del termine.

- Professor Vidagdha, se fosse davvero così, sarebbe terribile.

- È terribile! È terribile anche solo credere per un istante che sia davvero così. Aldo, ciò che abbiamo contro non è un semplice predatore: è il predatore per antonomasia! L'essere umano, quell'essere magico che è nel suo destino essere, non è più magico: è un pezzo di carne mediocre. Loro hanno cancellato tutta la sapienza degli antichi. Alcuni nostri avi avevano capito. Alcuni di noi, un tempo, sapevano della vera influenza che esercita la Luna.

- Chi?

- Le civiltà precolombiane, gli antichi egizi, Maria la Profetessa, Silvestro II, Giordano Bruno, Paracelso, Mesmer... ma poi le entità grigie hanno cancellato la magia, nel senso originario del termine, con la scusa della scientificità; togliendoci così l'unica possibilità di comprendere. Non ci sono più sogni per l'essere umano, se non i sogni di un animale cresciuto per essere solo un pezzo di carne: banale, convenzionale, imbecille! Luther King diceva: 'Nessuno può camminarti sulla schiena, a meno che tu non sia piegato'. Ecco: noi siamo piegati, Aldo!

- Ma come hanno fatto a far nascere il positivismo, che forse più di ogni altra cosa ha contribuito a cancellare la magia?

- Loro non hanno fatto nascere nulla: hanno semplicemente variato l'intensità della frequenza e la maggior parte delle menti si è sintonizzata sulla nuova trasmissione. Quelle che hanno resistito o che non si sono sintonizzate perché più forti o meno influenzabili, sono rimaste in minoranza e sono state cacciate e perseguitate con l'avvento del nuovo Credo. Succede sempre così. Siamo dei burattini e i fili con cui questi predatori ci manovrano, sono così invisibili che ci risultano inconcepibili. Così come ci risulta inconcepibile che la Luna non sia quello che sembra. Ma un giorno, tutto comincerà da lì.

Falso Sole

"Sono tanti i modi in cui l'umanità ha rappresentato Saturno attraverso i secoli. Sono innumerevoli e ancora non del tutto noti i simboli che sono stati associati a questa divinità oscura a testimonianza della sua enorme importanza nella Storia della Razza Umana.

L'avvento di religioni quali il Cristianesimo, il Giudaismo e l'Islam sembrerebbe a prima vista aver ristretto il culto di Saturno a una manciata di circoli occulti, ma ciò non corrisponde a realtà. Il Signore degli Anelli è ancora onnipresente nella cultura popolare: perfino J.R. R. Tolkien lo aveva messo in luce, ma in pochi hanno capito il suo messaggio.

Può comprendere solo chi ha una mente aperta, solo chi sia dotato di occhi per guardare e di orecchie per udire."

Dalle memorie del professor Vidagdha.

- Abbiamo spento il loro DNA, - la voce mentale di Akampa raggiunse Asiva. - Acqua è abitato da individui che per tutta la vita sono incapaci di avere una risposta o pensiero che non derivi da quanto noi abbiamo previsto. Il loro DNA va a due eliche, non ha mai sviluppato la terza! Come possono essere un pericolo per noi? Ogni volta che inviamo un programma nuovo loro lo assorbono come spugne. Non vedono oltre: la loro condizione e il loro ego lo impedisce. Perché non potremmo continuare a fare come abbiamo sempre fatto? Creiamo una nuova religione, facciamo scoprire un nuovo messia, mandiamo una rivelazione aliena!

- Alcuni di loro stanno comprendendo come la vita non debba essere per forza sofferenza, alcuni di loro non reagiscono più agli stimoli ansiogeni ed emozionali. Anche per questo producono di meno.

- Come hanno fatto, Asiva? Con la meditazione? Con l'allineamento planetario? O li ha aiutati qualcuno? Gli 'Apara' hanno visto cosa abbiamo fatto a questo quadrante? Hanno capito cosa e come abbiamo creato questa fattoria?

- Forse.

- Se così fosse, comincerà una guerra senza fine. Abbiamo bisogno delle loro energie, del nostro pascolo! Non possiamo rinunciarvi!

- Per questo ho inviato nuove frequenze, - Ripose Asiva.

- Cosa hai fatto?

- 19.47

- Hai inserito la frequenza 19.47?

- Sì.

- Sarà un'ecatombe! È quasi come distruggere Acqua.

- No, Akampa. Non dovrebbe succedere.

- E le piramidi? Non reagiranno?

- Credo di no.

- E se le avessero rimesse in funzione?

- Non sanno neppure cosa siano. Non lo hanno mai capito. Sono in disuso da eoni. Quelle stupide scimmie credono addirittura che siano tombe edificate dagli egiziani! Non sanno chi le ha fatte, né perché.

- Ma l'energia che ci arriva da Acqua sarà dimezzata, forse ne arriverà anche meno!

- Però ci sarà un bel flusso iniziale, - se la voce di Asiva fosse stata umana, si sarebbe percepita l'eccitazione. - Immagina tutto quel dolore e quella sofferenza! Tutto concentrato in un attimo! Siamo solo in due, credo che ci riempirà ben bene, fin quando Acqua non si ripopolerà. Inoltre ciò che accadrà non attirerà gli 'Apara'. Certo, dovremo rinunciare a un flusso costante di energia per un po'...

- Siamo sicuri che non ci sia altro modo?

- No, Akampa. Non c'è altro modo.

- Ci sono rischi?

- Solo uno.

- Quale?

- Che loro si rendano conto che è tutta un'illusione. Comunque sia, molti di loro si aspettano una fine catastrofica e se saranno un buon numero a farlo, questo accadrà davvero. Il problema è se comprendono di vivere in una realtà finta prima che il flusso 19.47 arrivi a fare il suo compito. Ma per ovviare a questo ho attivato anche la frequenza Vayu.

- Asiva, sarai debilitato. Vayu? Non la ricordo...

- Sarà nel vento. Alcuni di loro reagiranno e spargeranno del sangue. Attireranno l'attenzione sui loro gesti e l'uomo non potrà non convogliare il suo interesse su quanto accade. Sarà, per l'ennesima volta, distratto. Se così non fosse c'è il rischio che il suo DNA ritrovi la tripla elica. A quel punto sarebbero miliardi le entità che avrebbero i nostri stessi poteri. Una situazione ingestibile. Lo capisci bene, vero? So che ti mancherà la tua dose di sofferenze, ansie e dolori per un po', ma poi il flusso, tra qualche migliaio d'anni, riprenderà regolare, non preoccuparti.

- Un'ultima cosa: quante sono le probabilità di successo e tra quanto sapremo se è andato tutto bene?

- Siamo al 99%. Anzi, direi che è fatta. L'unico rischio è che Acqua cominci a urlare. A quel punto gli 'Apara' arriverebbero. Ma non mi pare che il pianeta-fattoria lo stia facendo.

- Se arrivassero gli Apara, capirebbero chi siamo. Capirebbero cosa abbiamo fatto e capirebbero dove siamo!

- Sì, ma non credo che Acqua sia ormai più in grado di urlare. Come ti ho detto, in pochi hanno capito. Chissà in quanti di questi pochi saranno in grado di collegarsi al tutto. Non temere, Akampa.

Acqua risponde

"Una strana nuvola di fotoni ha avvolto il sistema solare, la notizia è stata divulgata da alcuni scienziati. L'avvicinamento di questa nuvola minacciosa sta influenzando il Sole e i pianeti in molte maniere. Incredibilmente, come questa strana energia invade il nostro spazio, alcune delle più famose piramidi al mondo stanno generando un'intensa energia luminosa: alcuni fasci di luce partono verso il cielo mirando proprio a questa nuvola di fotoni aliena. Allo stesso tempo, la gente nel mondo inizia a sentire e registrare spaventosi suoni e rumori, proprio come se la Terra stesse gemendo e lamentandosi.*

Tutti questi fenomeni, inclusa la misurazione della gigante elettrificazione del nostro sole, mai vista prima, sembrano essere ricollegati all'onda fotonica mortale che alcuni hanno indicato come evento spaziale della possibile Apocalisse."

Fonte ignota.

Antiche piramidi si risvegliano dopo millenni di sonno

Alcuni turisti hanno iniziato a urlare. Altri hanno preso velocemente il loro cellulare per poter registrare un video della tremenda scossa che ha colpito la Piramide Maya, ma non si trattava di un terremoto: subito dopo aver tremato, un brillante raggio di luce è stato letteralmente sparato verso il cielo dalla sua sommità.

La piramide Maya di Kukulkan, che trasmette quest'incredibile colonna di energia verso lo spazio, è stata solamente l'ultima a essere interessata da questo fenomeno.

Nel 2009 e nel 2010 la Piramide Bosniaca del Sole, ha inviato un raggio molto fino di pura energia verso lo spazio. Recentemente, il governo cinese ha iniziato a monitorare la Piramide di Xianyang, cercando segni di attività. L'anno scorso un team di scienziati ha ispezionato la piramide e voci incontrollate, prive di fonti ufficiali, sostengono che essa possa essere di origine extraterrestre.

La Piramide Azteca della Luna spara vortici di energia dalla sua sommità

Un'incredibile esplosione a vortice è stata testimoniata e catturata su nastro: un raggio che fuoriesce dalla sommità della famosa Piramide Azteca della Luna a Teotihuacan, in Messico. Raggi di energia, vortici, turbini di una forza molto intensa… che cosa vuol dire? Dove sta venendo indirizzata quell'energia, e perché? Che cosa ha attivato i poteri misteriosi di queste silenziose sentinelle di pietra, che per secoli sono state mute e immobili sfingi? Cosa ha disturbato il loro sonno? Ciò che le ha portate in vita potrebbe essere qualcosa di ancor più incredibile rispetto all'azione stessa delle piramidi: l'arrivo di una forza ignota, proveniente dal vuoto galattico che ha accerchiato gran parte del Sistema Solare. Gli scienziati russi sostengono che questa nuvola fotonica di energia stia smuovendo l'atmosfera dei pianeti e, soprattutto, del nostro Sole; sostengono anche che questa nuvola energetica continui a stimolare e interagire con il Sole, contribuendo a renderlo più attivo, rendendolo quindi più potente e instabile: il flusso magnetico, interagendo con la magnetosfera del sole e i campi geomagnetici della Terra, può causare mutazioni al nucleo, anomali vortici in superficie e mutazioni polari magnetiche che possono creare super-tempeste, condizioni atmosferiche instabili e, più incredibilmente, suoni provenienti dall'atmosfera e dal sottosuolo, capaci di essere ascoltati da tutti, in ogni parte del pianeta.

Le piramidi, serbatoi naturali dell'energia della Terra, capaci di caricarsi dai campi magnetici della Terra, stanno rilasciando e lanciando raggi di pura energia verso questa nuvola che sta opprimendo il nostro sistema planetario senza difese.

E come i lamenti della Terra s'innalzano fino al cielo, le piramidi lanciano titanici lampi di energia nel profondo spazio.

- Abbiamo una scelta.

- Quale, professor Vidagdha, - domandò Aldo, sbigottito da tutte quelle notizie che ormai intasavano i media. - Quale scelta?

- Credere nel cambiamento positivo.

- Cioè?

- Si realizzerà quello che desideriamo: i nostri pensieri sono energia, lo sono sempre stati. Questa è l'occasione per creare un nuovo mondo. Un mondo senza Luna. Un mondo puro. Un mondo davvero nostro.

- Non capisco...

- Se la maggior parte di noi crederà a una fine del mondo catastrofica, questa avverrà. Se crederà che non accadrà nulla, nulla accadrà. Se crederà che faremo un salto dimensionale, un salto quantico, questo accadrà... abbiamo una scelta: dobbiamo sfruttarla al meglio, ma per farlo dobbiamo cercare di spegnere per una volta quella maledetta radio che abbiamo in testa e che gracchia continuamente facendoci perdere di vista la realtà. Questo è il momento. Non ce ne saranno altri per eoni...

A voi la scelta

"Tutti vennero ingannati, Sauron, l'oscuro signore, forgiò in segreto un anello sovrano, per controllare tutti gli altri..."

Il Signore degli Anelli.

Vidagdha e Aldo osservarono Saturno attraverso il telescopio professionale. Aldo ammirò estasiato la sua immagine: i suoi anelli e, poco più in là, verso destra, Titano, una delle sue lune.

- Saturno ha sette anelli, quattro grandi e tre più piccoli, classificati dagli astronomi con le lettere dalla A alla G. Ma forse dovrei dire otto, in quanto, nel 2009 è stato scoperto dalla Nasa un ulteriore gigantesco anello: l'ottavo, appunto, difficilmente osservabile anche con gli strumenti, a causa dell'emissione di debole radiazione termica e che racchiude nel suo centro, a enorme distanza, Saturno stesso, con i suoi anelli e tutti i suoi satelliti... ben 31!

- E quindi? Non ci vedo niente d'insolito, professore.

- Queste notizie hanno rischiato di mandare il mio cervello in tilt: subito dopo averle recepite, la mia mente ha iniziato a scaricare intuizioni e informazioni da non so dove che, per la rapidità del download, mi risultavano difficili da fissare e rammentare.

- Quali informazioni? Di che parla?

- Hai presente Sauron?

- Sì?

- Nome simile a Saturn, non trovi? Sauron è il malvagio antagonista della saga fantasy di J. R. R. Tolkien; creò l'Anello del Potere per dare vita al Grande Inganno: il Tempo e i suoi Cicli.

- Sì, ma è un romanzo. Un bel romanzo, ma comunque solo un romanzo!

- Eppure il professore di filologia britannico non poteva non sapere che Saturno è associato al dio Cronos dei Greci, il Signore del Tempo. Il Tempo è il braccio orizzontale che, insieme allo Spazio, braccio verticale, forma la croce della materia! Senza il tempo e lo spazio non esisterebbe la dimensione materiale!

- Professore, non la seguo. Cosa sta cercando di dire? Ci stiamo addentrando nel campo filologico?

- Aldo, tutta la materia è soggetta alla ruota del Tempo e quindi a Saturno! Questo pianeta regola, con i suoi cicli, con i suoi anelli, tutto ciò che si manifesta in questa dimensione. C'è qualcosa di più tirannico per gli esseri umani? C'è qualcosa che ha più potere sulla vita, in generale e sulla nostra, in particolare?

- E tutto questo sarebbe scritto in un romanzo?

- Aldo, segui il mio ragionamento! Il Tempo, con le sue leggi inesorabili, costringe e limita, cadenza rigorosamente gli avvenimenti interni ed esterni. Ma è davvero così?

- E come dovrebbe essere?

- Il Tempo è una convenzione: in realtà è pura illusione, non esiste... è, appunto, un inganno!

- E da chi proverrebbe e a che cosa servirebbe, questo inganno?

- Da parte di Saturno, ovviamente: il Dio del Tempo e servirebbe anche all'evoluzione delle coscienze, ma non solo... ci tiene schiavi!

- Già, ma questo è il solito cliché: Saturno ha da sempre una pessima reputazione. È stato addirittura associato a Satana, al male personificato. A ogni suo transito, le persone che credono nell'astrologia temono il peggio e si aspettano grandi prove!

- Questa è una visione alquanto semplicistica, fomentata dalle credenze popolari e dalla scarsa conoscenza della legge evolutiva spirituale. Il tempo serve per ingannarci: serve a farci credere di essere separati dalla dimensione della Coscienza Suprema. Il tempo ci ingabbia in un mondo illusorio, chiamato Maya dalla tradizione induista.

- Il popolo mesoamericano?

Vidagdha perse la pazienza:

- Piantala di fare l'imbecille, Aldo!

- D'accordo professore, ma dove porta tutto questo discorso astro-filosofico?

- Nella nostra vita, è nei cicli fondamentali che avvertiamo l'impronta saturnina: tre 'anelli' di Tempo ci sono concessi, per comprendere se stiamo attuando il nostro progetto personale o se ci stiamo allontanando da esso. Il primo ciclo si compie al ventinovesimo anno d'età, al primo passaggio di Saturno in transito sul Saturno Radix; il secondo a 58 e il terzo a 87. Alla fine di ogni ciclo è previsto un distacco considerato necessario per crescere e rivolgere l'attenzione in altra direzione. Allo scoccare dei 29 anni, ad esempio, occorre abbandonare una serie di condizionamenti e schemi imposti dalla famiglia, dalla società, dalla religione, dalla cultura corrente, se si desidera fare spazio alla propria impronta individuale. In questo periodo accadono quasi sempre avvenimenti importanti: un nuovo lavoro, un matrimonio, per alcuni l'arrivo di un figlio, oppure un divorzio, un trasferimento, una malattia, un decesso. Eventi forti che preannunciano nuovi movimenti, nuove esperienze, volte a incrementare la coscienza individuale.

- Da astrofisico si sta trasformando in astrologo, professore.

- E tu da astrofisico ad astronzo! Stai zitto e ascolta, - Vidagdha era infuriato. Sentiva la mente di Aldo ribellarsi e chiudersi. Lo stava perdendo. Aveva retto sin lì, ma ora che le prove erano sempre più schiaccianti, lo studente si rifiutava di prenderle sul serio. - Hai notato le assonanze numerologiche degli anelli di Saturno? Quattro, simbolo della Materia e tre, simbolo dello Spirito. La somma fa sette: numero magico per eccellenza, che rappresenta l'emanazione della Vita, data dalla profusione della Materia con lo Spirito. E la Vita, concepita in questa dimensione, si basa su cicli temporali. Alla base della geologia, della botanica, della zoologia, non esiste che il ciclo del 7: la triade delle forze invisibili e spirituali e il quadrato della materia sensibile, che, nella loro misteriosa fusione, costituiscono appunto la Natura stessa. Noi cambiamo interamente il nostro corpo ogni sette anni; la nostra psicologia si modifica, si sviluppa ogni sette anni. Il nostro destino si compie attraverso il misterioso influsso dell'eterna legge settenaria e Saturno, in quanto Signore del Tempo, è anche il reggente del Destino.

- Ma non aveva detto che da poco la Nasa ha individuato l'ottavo anello?

- Già, ecco la legge dell'Ottava! Secondo Gurdjeff è rappresentata in Saturno, con il nuovo grande anello! Questo anello emana una frequenza vibrazionale più alta: ha contribuito a una sorta di risveglio delle coscienze. Un risveglio minimo che serve a gettare luce, ma al contempo non fa comprendere appieno i confini dettati dal Grande Inganno: Il Tempo.

- Ma chi è l'ingannatore? Chi è il male? Saturno? Sta dicendo che questo ottavo anello risveglia le coscienze... mi sono perso!

- Paradossalmente Saturno, creatore del velo di Maya, traghetta la Coscienza umana e la Natura tutta verso l'Essenza Immutabile, aiuta quindi ad acquisire la consapevolezza di questo Eterno Gioco che è la Vita.

- Ma allora...?

- Allora c'è qualcuno che sfrutta questo compito mistificatore di Saturno per ingabbiarci. È da questo qualcuno che dobbiamo liberarci, non da Saturno!

- Ma come? Chi?

- Dovrai scoprirlo, ma se studi l'origine degli uomini arriverai a una conclusione semplice, fondamentale, ma completamente ignorata o negata.

- Di cosa parla?

- Parlo del fatto che i fondamenti dell'esistenza non siano mai cambiati dall'inizio dei tempi e che essi siano comuni a tutte le creature: nasciamo, respiriamo, mangiamo, beviamo, defechiamo, fornichiamo, procreiamo, invecchiamo e moriamo. Quello che nei millenni è cambiato, è solo come facciamo tutto ciò. Noi chiamiamo tutto questo complessità, evoluzione. In altre parole, però, noi siamo soltanto diventati più complessi in quello che facciamo, ma facciamo sempre le stesse cose, rispettiamo sempre gli stessi fondamenti. Noi chiamiamo tutto ciò progresso, il punto è che noi siamo progrediti così tanto che le nostre vite sono divenute tanto complicate da rendere la nostra mente costantemente impegnata a interagire con questa complessità e, purtroppo, renderla molto spesso distratta dall'attività principale: vivere e apprezzare il presente. Dal punto di vista della Natura, noi non siamo progrediti affatto, ma siamo andati completamente fuori strada. Noi tutti siamo, quindi, completamente pazzi, anche se non ce ne rendiamo conto. E qualcuno si giova di tutto questo.

Il silenzio calò tra i due studiosi e l'atmosfera si fece pesante, a causa delle implicazioni che ormai erano uscite dal campo delle congetture ed erano entrate a pieno diritto in quello della realtà.

- Ma allora, - riprese incerto Aldo. - Allora, cosa dobbiamo fare, professore?

- Non è facile rispondere, o meglio: la risposta è semplice, ma l'attuazione complicata.

- Si può spiegare meglio?

- Innanzitutto, io proporrei degli stili di vita diversi, per evitare i condizionamenti che queste entità hanno stabilito per noi, nel modo che ti ho spiegato sinora.

- Quali, per esempio?

- Introdurrei un massimo di ore di lavoro: il lavoro deve essere limitato allo stretto indispensabile, va impedito il surplus e l'accumulo. Andrebbe cancellata la proprietà privata dei beni tesaurizzabili, in modo da impedire il loro accumulo.

- Cioè? Si spieghi meglio, per favore.

- Beh, dobbiamo eliminare i falsi bisogni e i condizionamenti che ci hanno messo in testa!

- Come fare? Non è facile.

- Lo so. Potremmo cominciare anche a far sì che il denaro abbia una scadenza...

- Che? Come?

- Per esempio stamparlo su supporti deperibili, che ne impediscano la tesaurizzazione eccessiva. O mettendogli una data di scadenza vera e propria, se parliamo di denaro elettronico. Ecco come si potrebbe evitare l'accumulo.

- Lo diceva anche Marx...

- In un certo senso. Comunque vanno eliminati i falsi bisogni: magari potremmo seguire lo stile di vita dei nativi americani. O quello dei polinesiani.

- Magari anche uno stile di vita ascetico?

- Forse... possibile, ma non credo che molti ne siano in grado. Diciamo che lo stile di vita a cui dobbiamo mirare è quello di un contadino con il suo orto: non serve nient'altro, il resto lo fa la nostra mente.

- Sembra filosofia portata all'estremo.

- Beh, già Platone lo diceva nella sua la Repubblica: deve governare il filosofo perché è il solo a conoscere l'essere e la verità; inoltre è sincero, temperante, disprezza i beni mondani, apprende con facilità e possiede l'armonia interiore!

- Crede davvero sia possibile al giorno d'oggi?

- Oh, sì. Era un problema che persino Tommaso Campanella nella sua La Città del Sole aveva analizzato.

- Conosco Tommaso Campanella, ma non ho letto nulla di lui, - sospirò Aldo. - Di che si tratta?

- Nell'isola di Taprobana, gli abitanti lavorano per sole quattro ore al giorno, poiché sono in grado di lavorare sia in modo intellettuale che pratico per tutta la durata delle quattro ore.

- Ma quattro ore sarebbero sufficienti davvero?

- Campanella, per spiegare che quattro ore al giorno di lavoro per tutti siano più che sufficienti, riportava la situazione della Napoli del seicento che, in regime di proprietà privata, su trecentomila abitanti lavorava solo uno su sei e l'ozio e la povertà devastavano tutti gli uomini. Quindi sì.

- E che si fa con il tempo restante?

- Deve essere impiegato in attività ricreative, attività ludiche che però devono sempre avere un fine riconducibile al sapere. La stessa educazione dei bambini si basa sull'imparare giocando: i bambini vengono, fin da piccoli, separati dalla propria famiglia e cominciano a essere istruiti da maestri, che portano i bambini ad ammirare le mura della città, colme di tutto il sapere che un cittadino deve possedere. Attraverso le immagini raffigurate nelle mura e i libri che vi sono scolpiti, i bambini acquisiscono ben presto un sapere enciclopedico. La scuola non si svolge al chiuso, perché ai ragazzi non deve essere imposta l'istruzione, come fosse una gabbia. Gli abitanti della

Città del Sole non conoscono gli egoismi, gli orrori della guerra e della fame e le violenze che ci sono nel resto del mondo. La città è organizzata in modo totalmente razionale: essa viene controllata da un gruppo di persone, gli "offiziali", che vigilano continuamente in modo che nessuno possa compiere azioni non giuste nei confronti di altri cittadini.

- Sembra un'utopia...

- Lo è stata in passato, Aldo, ma non è detto che non possa realizzarsi oggi. Oggi ci sono le condizioni. Oggi c'è la necessità di farlo. Il bisogno! Hai letto il romanzo A noi vivi?

- No. Che centra?

- L'ha scritto Robert Anson Heinlein, uno degli autori più importanti di sempre a mio avviso. Il romanzo, scritto negli anni trenta, fu pubblicato postumo solo nel 2004.

- Come mai tutto questo tempo?

- Fu ritenuto inadatto.

- È stato bloccato di proposito?

- Nel libro ci sono una serie di cambiamenti sociali e politici radicali negli Stati Uniti d'America, ove è garantito un livello di libertà individuale mai sperimentato prima dal genere umano. Libertà possibile grazie soprattutto a uno sviluppo tecnologico capace di liberare l'uomo da molte delle sue preoccupazioni e grazie all'affermazione di un modello economico in grado, dopo aver ristretto drasticamente l'influenza delle banche private, di garantire a tutti un reddito minimo, rendendo il lavoro un'opzione volontaria ed estendendo i diritti sociali alla salute e all'istruzione. Inoltre, la morale comune ha abbandonato le religioni e tutto ciò che ne derivava, sul piano sociale e politico.

- Ma di che parla il romanzo?

- Racconta la storia di Perry Nelson, un pilota della marina statunitense del 1939, che si ritrova catapultato negli Stati Uniti del 2086, in un altro corpo. Qui viene aiutato da Diana, una bella ragazza che lo introduce nel mondo del futuro e, inevitabilmente, s'innamora di lui. Ma molte cose sono cambiate, non solo dal punto di vista tecnico e ben presto gli atteggiamenti di Nelson entrano in contrasto con le consuetudini della società del 2086, ben diverse da quelle puritane dell'America di Franklin Delano Roosevelt; per il pilota venuto dal passato, inizia allora una difficile sfida per adattarsi a idee tanto diverse dalle sue. Idee che ora noi dobbiamo mettere in pratica!

- Sembra facile...

- Sai, Aldo, nel 181 a.C., cinque secoli dopo la morte di Numa Pompilio, che aveva voluto seppellire i suoi scritti in un'arca di marmo vicino al proprio corpo, una grande alluvione sconvolse il terreno della sua sepoltura, riportando alla luce le due arche: quella che aveva contenuto le spoglie mortali del re era ormai completamente vuota, mentre nell'altra furono rinvenuti degli scritti. Ritenendo sacrilego divulgare quei testi, che Numa aveva voluto seppellire, il Senato, sotto la guida dei due consoli Publio Cornelio Cetico e Marco Bebio Tamfilo, stabilì che fossero bruciati.

- Sono andati perduti, professore?

- Immancabilmente.

- E quello che avete tra le mani... Liber Numae?

- Oh, sono solo miei appunti...

- Vergati in latino?

- Mi tengo in allenamento... dimenticarlo sarebbe un vero peccato.

- Oh, già, un vero peccato, - la voce di Aldo aveva una nota sarcastica. - Come dimenticare Numa Pompilio, del resto.

- Esatto: Numa era un iniziato, un conoscitore degli influssi astrali sulla vita, influssi che insegnò a riconoscere agli auguri, ai flaminii, ai salii... e lui portò nella magia occidentale l'elemento femminile. Era consigliato dalla ninfa Egeria, divinità del mistero e della solitudine. Anche Eliphas Lévi ritiene Numa Pompilio iniziato e conoscitore delle leggi magiche, degli influssi magnetici della vita comune concretizzati nei cerchi magici. Numa insegnò agli auguri, ai flaminii, ai salii, la teoria dei presentimenti e della vista sacra.

- Già.

- Dobbiamo tornare a noi stessi, Aldo. È l'unica possibilità per sopravvivere.

- Si è fatto tardi professore, sono già le 19.47... devo andare.

- Bene, ma ricorda: il tempo non esiste e i bisogni dell'uomo sono davvero pochi, in realtà. Solo così li sconfiggeremo. Solo così.

L'ultima missiva del professore

"A mio avviso, il quadrato magico del Sator nasconde al suo interno proprio Saturno. Saturno, remoto e misterioso signore della mitologia romana: Arepo, ovvero "Seminatore", è un suo attributo.

Mi sono reso conto che nella scala planetaria elaborata da Merkelbach, l'ultimo grado iniziatico del mitraismo, il Pater, corrispondeva proprio a Saturno.

Ecco perché il Sator indica la traccia di questa grande religione astrale, risalente all'epoca dell'Antica Roma."

Dalle memorie del professor Vidagdha.

Caro Aldo,

non ti rendi conto che hai avuto sempre tutto sotto i tuoi occhi? Non ti rendi conto che non hai mai voluto vedere come sono le cose veramente, a cominciare dalla Luna? Dapprima non potevi vedere, non ti era permesso. Poi, però, ti sei innalzato e qualcosa hai visto, hai percepito. Ora credo che tu, scientemente, non voglia vedere. Eppure sei di fronte al più antico dei culti dell'uomo. Un culto che da eoni permea l'umanità, sin da quando essa non era che un gruppo di selvaggi incapaci persino di parlare. Un culto che nei millenni ci ha sempre accompagnato, un culto i cui rituali ancora oggi vengono officiati in forma più o meno esplicita. Il perché ciò sia possibile, credo tu l'abbia ormai capito anche se non accettato, ma sono disposto a spiegartelo ancora una volta. Per l'ultima volta.

Presso gli Antichi Egizi, Saturno era nominato Seth; i Semiti lo chiamarono El e i Celti, invece, gli diedero l'appellativo "Signore degli Anelli". Come vedi, il Culto Primigenio ha avuto molti nomi, di volta in volta inventati dagli uomini.

Non so se ti sposerai mai, ma devi sapere che suggellare un matrimonio con lo scambio delle fedi, come si fa da secoli, simboleggia la fedeltà a Saturno, così come raffigurare un anello o un disco dietro le teste dei santi, o dietro le antiche croci celtiche. Anche quando si rappresenta astrologicamente il Sole, si sta rappresentando in realtà Saturno. Tutto è permeato di Saturno.

Visto che, credo, tu abbia voglia di uscire ancora il sabato sera, beh, devi sapere che anche questo deriva da Saturno: il sesto giorno della settimana è dedicato a Saturno, l'ultima giorno di attività, l'apice della settimana, per poi 'riposare' il settimo. Sì, lo so: ti è venuto in mente qualcun altro che riposava il settimo giorno... lascio a te stabilire se si tratti solo di una coincidenza.

Quanti esempi potrei farti, potrei portartene decine e decine, ma non lo farò: mi limiterò a ricordarti che Saturno era presente nell'antica terra di Sumer con il nome di Kayamanu, che in accadico era chiamato Ninurta e che i mesopotamici lo chiamavano Shihtu. I greci lo raffiguravano come un SATiro... e no, non mi è sfuggito il maiuscolo sulla tastiera: sai bene cosa è un satiro, vero?

Una creatura per metà umana e per metà caprina, appartenente alla mitologia e al folklore classico, successivamente usata dal

Cristianesimo per accostare Saturno al signore dell'oscurità, a SATana, al culto e all'immagine del dio Pan. Fantasie antropologiche? No mio caro Aldo, devo decisamente dissentire: sei sicuro che il diavolo abbia corna, zampe caprine e barba a punta? Fidati, questo è il risultato della demonizzazione di Pan, effettuata dal Cristianesimo. Immagino che stenterai a credermi ma dai miei studi so con certezza che Mosè fosse non solo egiziano ma anche un sacerdote di Seth. Sai che i sacerdoti di Saturno e quindi di Set anticamente utilizzavano tuniche nere? E che gli esseni e i nazareni indossavano tuniche bianche? E quale è il colore degli abiti talari delle religioni monoteiste oggi, il bianco o il nero?

Se continuerai a leggere, capirai tutto. È l'ultima occasione della tua vita. L'ultima chance, amico mio.

Che dire dei Romani? Per loro Saturno era il Titano del Tempo, i Greci lo chiamavano Crono, termine che sicuramente ha influito sull'etimo della parola Corona, riferita al copricapo reale. Ti rendi conto di come l'inganno, un po' come gli anelli del matrimonio, prosegua sotto i nostri occhi da secoli? Comprendi gli archetipi che si celano e ci comandano? I Romani, caro Aldo, lo celebravano con i Saturnalia, feste del solstizio invernale: Saturno era celebrato il giorno in cui nasceva il sole del nuovo anno, cioè a Natale!

La cospirazione è antichissima! Vive sotto la nostra pelle, amico mio. Roma stessa era nota in origine come Saturnia, o Città di Saturno e la Chiesa Romana conserva gran parte del culto di Saturno nei propri rituali, un po' come le altre Chiese!

Se sei arrivato sin qui, ti prego di fare uno sforzo e di andare avanti. Credo sia arrivato il momento di parlarti degli Déi Cubo.

Immagino ti chiederai di cosa si tratti... la risposta è incredibile, quanto semplice: nelle antiche civiltà semitiche e musulmane, Saturno era raffigurato come un gigantesco cubo nero. Perché il cubo, ti chiederai? La sua forma rappresenta la materia ed è opposto alla sfera, che rappresenta lo spirito. Sono certo che ti sia già venuto in mente almeno un grande cubo nero: Kabba, alla Mecca. E sai che il termine Kabbalah deriva dall'espressione KabbaAllah cioè Dio-Cubo? No. Sono certo che questo non lo sapevi ancora. Anche se poi, a mio avviso, le leggi della Kabbalah sono le leggi che ci governano realmente: il linguaggio frequenziale *imperante sulla nostra Terra, perché emanato da Saturno. Saturno che oggi è rappresentato un po' ovunque: nella 'meditation room' all'interno della Sede delle Nazioni Unite e davanti la sede dell'Apple Store di New York. Fatti un giro se puoi, anche sul web: troverai decine di monumenti e installazioni cubiche sparsi nel mondo!*

Non sono casualità, credimi amico mio... e le rivelazioni sono solo all'inizio!

Ma questi cubi vengono da lontano. Dallo spazio. Dal Pianeta Saturno stesso, ove rotea una strana, enorme, struttura esagonale i cui esagoni altro non sono che decostruzioni della figura del cubo, suo simbolo. Gli stolti, e spero che tu non sia fra questi, sosterranno che si tratti di una coincidenza. Ma fidati Aldo, le coincidenze non esistono!

La domanda che mi pongo e che dovresti porti anche tu ormai, è questa: è possibile che oltre 6000 anni fa, qualcuno sulla terra conoscesse questa curiosa caratteristica del pianeta Saturno e abbia cominciato a rappresentarlo come esagono, elaborandolo fino a trarne il simbolo del dio cubo? Non so cosa risponderà la tua mente, né se sarà libera di enumerare tutte le possibilità esistenti. Probabilmente no, in fondo io, che lavoro da una vita alla mia vera libertà, ne ho trovate appena quattro. Credo che tu abbia bisogno del mio aiuto a questo punto.

Quattro possibili origini a tutto questo, dicevo:

   1) c'è sotto una mistificazione;

   2) questa coincidenza è ascrivibile a un'incredibile casualità;

   3) l'umanità avrebbe appreso la nozione da un'intelligenza non terrestre;

   4) in un remoto passato sulla Terra sarebbero esistiti i mezzi tecnologici per catturare immagini di Saturno, proprio come oggi pare stia facendo la NASA.

Personalmente, credo che una delle due ultime possibilità sia la risposta più probabile. Se così fosse, quale altra immagine del pianeta Saturno sarebbe potuta rimanere impressa nell'immaginario mistico ed esoterico, sotto forma di simbolo? Forse un occhio? Magari un occhio con le palpebre, come potrebbe sembrare Saturno da lontano con i suoi anelli? Un ovale, con al centro un cerchio pieno che rappresenta la pupilla?

Non fidarti di ciò che vedi oggi in rete su Saturno: quelle sono tutte ricostruzioni tridimensionali; le foto che scattano i nostri più potenti telescopi non sono in 3d, non vi è la profondità! Viene aggiunta la profondità per distrarre dalla vera forma, dal vero simbolo! Il simbolo rappresentato in cima alla piramide, anche sulla celebre banconota da un dollaro.

A questo punto posso farti la domanda che tanto desideravo sin dall'inizio. Ci credi? Ho scalfito almeno un po' la tua diffidenza? Ho scardinato i tuoi paraocchi?

Hai forse letto Il Signore degli Anelli di J.R.R. Tolkien, splendido romanzo fantasy, dal titolo inquietante a questo punto, ma sono certo che tu abbia visto il film: ricorderai quindi l'occhio onniveggente che con i suoi sottoposti si oppone alla missione di Frodo di distruggere l'anello del potere. L'occhio onniveggente che ritroviamo in tanta produzione culturale umana, fra cui la canzone di Alan Parson, intitolata proprio Eye in the Sky.

Ecco il testo del ritornello:

I am the eye in the sky
Looking at you
I can read your mind
I am the maker of rules
Dealing with fools
I can cheat you blind
And I don't need to see any more
To know that
I can read your mind.

Io sono l'occhio nel cielo
Che ti osserva
Posso leggere la tua mente
Sono colui che fa le regole
Ho a che fare con gli stolti
Posso ingannarti
E non ho bisogno di vedere altro
Per sapere che
Posso leggere nella tua mente.

Ancora una volta, una coincidenza...

Scusami: il mio sorriso, che non puoi vedere, è sarcastico e il mio tono, che non puoi sentire, è fortemente ironico.

Ti devo quasi salutare, adesso. Non c'incontreremo mai più. La mia vita sta finendo, ma in te deve crescere il germe del dubbio che spero si sviluppi nell'albero del cambiamento: nell'albero della vita, quello vero!

Capisco che in un mondo fatto di carne, sangue e istinti auto-conservativi, sia facile cadere vittima o almeno lasciarsi irretire dalle forze dominanti, che sono materia e tempo. È una cosa umana e terrena. Sapessi quante volte ci sono caduto anche io...

Ma c'è dell'altro, Aldo! C'è dell'altro!

Quando un giorno, per la teoria della Centesima Scimmia, l'uomo si libererà di questo giogo atavico, quando da poche menti questa consapevolezza sarà condivisa dalla maggioranza più uno degli esseri umani, allora saremo liberi. Io non ci sarò già più e forse neppure tu vedrai mai questo momento, ma io e te avremo contribuito ad aprire gli occhi di altri e di altri ancora, fino a svelare le influenze che ci attanagliano da millenni sotto forme diverse e che alcuni di noi hanno abilmente imparato a sfruttare a loro esclusivo vantaggio. E quando quel momento arriverà, per costoro sarà la fine e per noi altri sarà l'inizio. Il vero inizio.

Ricorda, tutto comincerà dalla Luna.

Abbi cura di te, amico mio e continua a studiare, ma soprattutto: continua a farti domande.

Addio, Aldo.

Vidaghda

Postfazione

Il culto di Saturno è molto noto: si trovano decine di libri, alcuni molto antichi che ne trattano e che permettono di approfondirne la conoscenza come *Le Antichità Romane*, dello storico Dionigi di Alicarnasso; *I Saturnalia*, di Macrobio; *l'Eneide*, di Virgilio; *I Fasti*, di Ovidio; *Storie*, di Tito Livio; *La Religione Romana Arcaica*, di Georges Dumézil; *Saturn africain*, di Marcel Leglay, *Gli ebrei di Saturno. Shabbat, sabba e sabbatianesimo*, di Moshe Idel; *La religione di Roma Antica*, di Dario Sabbatucci; il *Trattato di Storia delle Religioni*, di Mircea Eliade.

Oltre ai suddetti titoli e a quelli citati nel testo, hanno fornito fonte d'ispirazione per questo libro diversi siti web, tra i quali *Anticorpi*, *Chituari* e *Biblioteca Pleyades*, ma anche molti, molti altri.

Il Mondo di Saturno vi aspetta, basta solo volerlo conoscere sul serio, senza paraocchi e senza credere a tutto quanto vi raccontano, né a tutto quanto ciò voi possiate raccontare a voi stessi.

Claudio Foti

Biografia

Claudio Foti è nato a Roma nel 1967, laureato in giurisprudenza, scrive e pubblica da oltre vent'anni. Inventore di mondi inquietanti, ricercatore delle verità che si celano dietro gli enigmi, da oltre un decennio i suoi articoli appaiono sulle maggiori riviste cartacee e digitali del mistero: *Hera, Turismo Insolito, Arcana, Fenix, Signs, Xtimes.*

I suoi vividi personaggi si muovono in atmosfere falsamente domestiche e, spinti dallo spirito di avventura, vivono in trilogie romanzi e racconti dai finali mai scontati.

Principali romanzi e premi:

Dobb e gli adoratori di Fenrir [1° premio E. Morante, Roma 2000, ed. Di Salvo 2003];

Gli occhi di Adandhel [1° premio Giovane Holden 2012, ed. Giovane Holden 2012];

Roma 999. Ombre su Campo Marzio [1° premio Le Ali della Fantasia-ex premio Tolkien, Ortona 2006, ed. Solfanelli 2007, ed. Lulu.com 2008];

Il Grande Orso [Edigiò 2008];

Nereolie [Alcheringa Edizioni 2014];

Romagick [Arpeggio Libero 2014];

Immortua Gens [Weird Library 2016].

Claudio ha al suo attivo oltre quaranta racconti pubblicati, tra cui:

Lycaonia [in *Roma Fantastica 2005* ed. Alacran 2005];

Il Giardino di Barok-Taar [3° premio Tabula Fati e Premio Speciale E. Perodi Ortona 2006 ed. Tabula Fati 2006];

Il Circolo di Piazza Tuscolo [in *M-Rivista del Mistero n°3* 2007];

Flamen Furrinalis e I Vampiri di Piazza Vittorio [Edizioni Chichill.de 2012];

Ordo Tenebrarum [1° premio Philobiblon, 2008 Italia Medievale];

La Centesima Scimmia [Enigma Edizioni].

Oltre alla narrativa di fiction, Claudio è anche autore di diversi saggi:

Defixiones, le tavolette magiche nell'Antica Roma [Eremon, 2014]
I Segreti del Necronomicon [Enigma Edizioni, 2015]
Dio Anfibio. Le divinità che crearono la civiltà [Fenix, 2016]
Guida alla Barcellona Esoterica e Magica [Mursia, 2016]

Nella sua produzione e nei suoi studi, Claudio ha dato grande rilievo al misterioso **Manoscritto Voynich**, redigendo *Il Codice Voynich* [Eremon Edizioni, 2008], il primo saggio in lingua italiana interamente dedicato a quest'argomento.

Nel maggio 2012 ha organizzato e tenuto *Voynich 100* la conferenza internazionale a Villa Mondragone (Università di Tor Vergata), dove si sono riuniti i più importanti studiosi del mondo nel centenario della riscoperta del Manoscritto Voynich.

L'autore ha rilasciato numerose interviste sul manoscritto, tra le quali quella pubblicata dal settimanale *"Chi"* e quella andata in onda al programma *"Il Caffè di Raiuno"*, nell'aprile 2015.

Nel marzo dello stesso anno è stata pubblicata la seconda edizione, ampliata riveduta e corretta de *Il Codice Voynich* e, nel 2017, viene pubblicato il romanzo *Voynich 2017*.

Claudio collabora con emittenti televisive e radiofoniche, ha esercitato la professione di giornalista e ha partecipato come giurato ad alcuni premi letterari come *"Ioscrittore"* e *"Roma da Scrivere"*.

INDICE

www.ingramcontent.com/pod-product-compliance
Lightning Source LLC
Chambersburg PA
CBHW080725020726
47503CB00010B/2798